中国文化知识读本

# 中国经典神话故事全知道

任现红 编著

郑州大学出版社
郑州

图书在版编目(CIP)数据

中国经典神话典故全知道/任现红编著.—郑州：郑州大学出版社，2016.10
（中国文化知识读本）
ISBN 978-7-5645-3219-2

Ⅰ.①中… Ⅱ.①任… Ⅲ.①神话—作品集—中国 Ⅳ.①I277.5

中国版本图书馆 CIP 数据核字(2016)第 160840 号

郑州大学出版社出版发行
郑州市大学路40号　　　　　　邮政编码：450052
出版人：张功员　　　　　　　　发行部电话：0371-66658405
全国新华书店经销
北京柯蓝博泰印务有限公司印制
开本：660mm×940mm　1/16
印张：10
字数：151千字
版次：2016年10月第1版　　　印次：2016年10月第1次印刷

书号：ISBN 978-7-5645-3219-2　定价：28.00元
本书如有印装质量问题，请向本社调换

# 前 言

神话典故是一个非常美妙的世界，在这个充满着奇幻的世界中，有我们在课堂上看不到的绮丽山水，有我们在生活中无法亲历的云海峰峦，有画布上无法描绘的斑斓色彩，也有现实中无法触及的谜样神秘。古老的天地日月、传说中的中国仙界、古人的智慧、流传至今的故事……刻画出许多善良、勇敢、真诚、充满智慧和爱心的神话英雄和历史豪杰。他们每个人的动人事迹和崇高精神，都能深深地印刻在我们的脑海中，用他们特有的人格魅力，陪伴我们成长，给我们的人生带来无数启迪和无限温暖，使我们在成长的道路中解开疑惑，排除艰难，指引我们向着梦想一步步靠近。

这是一本无论阅读多少遍，都能够体会到无限快乐的书。在不同的年纪，读到同一个故事，会从不同的视角、不同的阅历中，体会到不一样的感悟。这种犹如身临其境的真实感，会带我们从世界的起始开始，在时空中自由地遨游穿梭，从广茂无垠的大地飞到金碧辉煌的天宫，飞行途中，会让我们的羽翼日渐丰满，翅膀也逐渐变得苍劲有力。

在这个没有教师的课堂里，正在进行着一场没有考试、测验和排名的学习，我们领略到文字和语言的美好，从中积累更多的智慧，沉淀更多的想象，激发出无限的创造力。

编者

2016 年 7 月

# 目 录

## 第一章　远古神话传说

| | |
|---|---|
| 盘古开天地的传说…………02 | 伏羲出世……………………15 |
| 烛龙圣神的故事……………03 | 燧人氏钻木取火……………17 |
| 女娲娘娘造人………………04 | 夸父追日……………………20 |
| 共工怒触不周山……………06 | 精卫填海……………………21 |
| 女娲娘娘补天………………07 | 后羿射日……………………23 |
| 巨灵劈山……………………08 | 嫦娥奔月……………………24 |
| 炎黄大帝……………………10 | 崂山道士……………………27 |
| 仓颉造字……………………14 | 吴刚醉伐桂花树……………30 |

## 第二章　民间神话故事

| | |
|---|---|
| 炎帝和黄帝的传说…………34 | 愚公移山……………………53 |
| 刑天舞干戈…………………38 | 牛郎和织女…………………55 |
| 黄帝战蚩尤…………………40 | 哪吒闹海……………………56 |
| 建立鸟国的少昊……………43 | 孟姜女的传说………………57 |
| 尧的传说……………………45 | 沉香劈山救母………………60 |
| 舜的传说故事………………48 | 八仙过海……………………62 |
| 大禹治水……………………50 | |

## 第三章　历史典故

| | |
|---|---|
| 周文王与姜太公…………… 66 | 屈原的故事…………… 86 |
| 烽火戏诸侯………………… 68 | 孟母三迁……………… 90 |
| 信守承诺的晋文公………… 70 | 完璧归赵……………… 91 |
| 楚庄王的心思……………… 71 | 负荆请罪……………… 94 |
| 晏婴的故事………………… 73 | 毛遂自荐……………… 96 |
| 西施送城防图……………… 76 | 秦始皇………………… 98 |
| 荆轲刺秦王………………… 78 | 司马迁与《史记》…… 100 |
| 卧薪尝胆…………………… 81 | 破釜沉舟……………… 102 |
| 商鞅变法…………………… 82 | 鸿门宴………………… 104 |
| 邹忌和齐王………………… 84 | 挥泪斩马谡…………… 108 |

## 第四章　成语典故

| | |
|---|---|
| 夜郎自大…………………… 112 | 坐井观天……………… 124 |
| 乘凉避露…………………… 113 | 画蛇添足……………… 125 |
| 桑中李树…………………… 114 | 后来居上……………… 126 |
| 对牛弹琴…………………… 115 | 割席断交……………… 127 |
| 囫囵吞枣…………………… 116 | 四面楚歌……………… 129 |
| 黔驴技穷…………………… 117 | 指鹿为马……………… 130 |
| 割肉自啖…………………… 118 | 东施效颦……………… 131 |
| 投鼠忌器…………………… 119 | 凿壁偷光……………… 132 |
| 上行下效…………………… 121 | 朝三暮四……………… 133 |
| 飞蛾扑火…………………… 122 | 闻鸡起舞……………… 134 |
| 涸辙之鲋…………………… 123 | 自相矛盾……………… 135 |

| | | | | |
|---|---|---|---|---|
| 好谀亡国 | 136 | | 庖丁解牛 | 145 |
| 墨守成规 | 137 | | 买椟还珠 | 146 |
| 杞人忧天 | 138 | | 杯弓蛇影 | 147 |
| 刻舟求剑 | 140 | | 纸上谈兵 | 148 |
| 望梅止渴 | 141 | | 南辕北辙 | 149 |
| 围魏救赵 | 142 | | 空中楼阁 | 150 |
| 曹冲称象 | 143 | | 优孟哭马 | 151 |

# 第一章

## 远古神话传说

# 盘古开天地的传说

很久以前,天和地是相连的,宇宙还是一片混沌,一团漆黑。在这片黑暗混沌中悄悄孕育着人类的老祖宗——盘古。盘古孕育在这一片混沌之中,虽然他一直在呼呼大睡,但他却不断成长着,就这样经过了一万八千年。

突然有一天,盘古醒来了,当他睁开眼睛的时候,四周一片黑暗,他努力地看了看四周,但是什么都看不到,他十分奇怪。黑暗使他闷得发慌,烦恼万分。于是他忍不住了,随手向旁边一抓,没想到竟抓到了一把大斧头。就这样,年轻的盘古拼尽全力,狠狠地朝前方劈去。就听到山崩地裂般的一声巨响,那个曾孕育着他的混沌空间被他劈开了。

这片混沌中那些又轻又清的东西缓缓地向上升去,变成了天;另外那些重而浊的东西,渐渐地沉下来,变成了地。当天和地分开之后,盘古怕它们还要合拢,就头顶天,脚踏地,站在天地当中,就这样随着天地的变化而变化。每天,天升高一丈,地加厚一丈,而盘古的身体也随之增长。就这样,一万八千年又过去了,天升得极高了,地变得极厚了,盘古的身体也随之长得极为高大、强壮了。

盘古变成了巍峨的巨人,他就像一根无比高大的擎天柱,撑在天和地的中间,不让它们再重新合拢在一起,回到那混沌黑暗中去。

盘古一个人孤独地站在天地间,一年又一年过去,时间仿佛已经不存在了,就这样又不知过了多久。直到天和地已经完全固定住了。但盘古已经累得筋疲力尽,最终还是轰的一声,倒在地上死去了。

盘古临死的时候,他的身体发生了巨大的变化:他呼出的气,变成了一团团浮游的风和云;他发出的最后声音,变成了划过天空的隆隆雷声;

他的左眼睛变成了温暖的太阳，右眼睛变成了柔和的月亮；他的手足和身躯变成了大地的四极和五方的名山；他的血液变成了川流不息的江河；他的筋脉变成了蜿蜒的道路；他的肌肉变成了肥沃的田地；他的头发和胡须变成了漫天的繁星；他的皮肤和汗毛变成了花草树木；他的牙齿、骨头、骨髓则变成了蕴藏在大地下的闪光的金属、坚硬的石头、美丽的珍珠和温润的玉石；就连他身上的汗水也变成了无尽的雨露和甘霖。

总之，盘古开天辟地后，在他死的时候也没有忘记把自己的全部留给他开创出的天和地，他用自己整个身体来使这新诞生的世界变得更加丰富和美丽。

几乎每个民族都有自己的神话故事，而神话故事的第一篇一般都是天地的诞生。盘古开天地的故事，是汉民族神话的开篇。为了建造美好的世界，盘古奉献出了自己的一切，他伟大的奉献和牺牲精神是留给后人的宝贵的精神财富。

## 烛龙圣神的故事

盘古开天地，便有了江河湖海、日月星辰。世界变得充实了很多，也复杂了很多。但新的问题又出现了。日月仿佛一对顽皮的孩子，想什么时候出来就什么时候出来，有时开心了三天三夜不睡觉，不开心就完全不见踪影，躲起来睡大觉。整个世界异常混乱，没有一丝规则和秩序。四季不分、昼夜无别。这个时候，宇宙间出现了一个巨大的神，他居住在西北海之外，赤水以北的章尾山上，名字叫烛龙。

烛龙圣神长得非常奇特，有着人的面孔，身子却是一条长长的大蛇，也就是人面蛇身。他的两只眼睛像橄榄一样倒立着，十分明亮。只要一睁开，宇宙间就被照得如同白昼一般；眼睛一闭，夜幕便笼罩了大地。他呼

一口气，夏天便来临了；吹一口气，大地便冰雪覆盖，一年四季便在这有节奏、有规律的一呼一吸中循环往复，运转不停。

烛龙圣神从不吃喝，也不知他的力量从何而来，就这样不知疲倦，无休止地为人类工作着。有时他看到人民遭灾，便流下同情的泪水，这泪水一落到人间，就变成了雨水，滋润着万物的生长。

烛龙圣神不仅为宇宙万物造福，还常常口衔蜡烛，烛光照在天门中，照亮了天地，永不休止地为宇宙万物做着无私的奉献。

# 女娲娘娘造人

盘古开天辟地以后，天上便有了太阳、月亮和星星，地上有了山川草木，甚至有了鸟兽虫鱼，却单单没有人类。这世界不免显得有些荒凉寂寞。

不知道在什么时候，出现了一个女神，叫"女娲"，她神通广大。据说一天当中她能够变化七十次。这一天，女娲行走在这片苍茫的原野上，看看周围的景象，感到非常孤独。她觉得在这天地之间，应该添一点什么，让它变得富有生气。可是添一点什么进去呢？她一时也想不出来。

她就这样一直走呀走呀，走得有些疲倦了，偶然在一个水池旁边蹲下来。清澈的池水照见了她的面容和身影：她笑，池水里的影子也向她笑；她皱皱眉头，池水里的影子也向她皱眉头。她猛然醒悟了，这天地之间不就是少了像自己一样的生物吗？那为什么不创造一种像自己的生物来加入这个世界呢？

这样想着，她顺手从池边抓起一团黄泥，掺了些水，在手里揉捏着，照着自己的样子揉捏成了一个娃娃样的小东西。她把这个小东西放到地面

上。奇迹出现了，这个泥捏的小家伙，刚一接触到地面，马上就拥有了生命，活了起来，并且一开口就喊："妈妈!"接着就是一阵兴高采烈的跳跃和欢呼。

女娲看着她亲手创造的这个聪明美丽的生物，又听见"妈妈"的喊声，不由得乐在心头，喜上眉梢。她给她创造的这可爱的小东西取了一个名字，叫"人"。人的身体虽然小，但因为是神创造的，相貌和举动也有些像神，和飞的鸟、爬的兽都不相同，看起来似乎更有一种管理宇宙的非凡气概。

女娲对于自己这件优美的作品感到十分满意。于是，她又继续动手做她的工作，她用黄泥做了许多能说会走的可爱的小人儿。这些小人儿在她的周围欢呼雀跃，嘴里总是喊着："妈妈! 妈妈!"使她心中有说不出的高兴和安慰。从此，她再也不感觉孤独和寂寞了。她就这样又继续用黄泥做了许多能说会走的可爱小人儿。她一直忙碌着，直到晚霞布满了天空，星星和月亮照耀着大地。夜深了，她只把头枕在山崖上，略睡一睡，第二天，天刚微明，她又赶紧起来继续做她的工作。

她一心想用这些灵敏的小生物来充满大地。但是，大地毕竟太广阔了，靠她一个人捏泥人，速度太慢了，而她也已经忙碌得有些疲倦了。得想一个提高效率的办法。想了好久，她终于想出了一个好主意，她从崖壁

上拉下一根枯藤,伸入一个泥潭里,搅浑了泥浆,向地面上挥洒。泥点溅落的地方,就出现了许多小小的叫着跳着的小人儿,和先前用黄泥捏成的小人儿没有两样。"妈妈,妈妈"的喊声,在她的周围回响。

用这种方法果然简单省事。藤条一挥,就有许多新的小人儿出现,大地上不久就布满了人类。

大地上虽然有了人类,女娲的工作却没有终止。她又考虑着:人类终究是要死亡的,怎样才能让人类长久地生存在大地上呢,难道要死亡了一批再创造一批吗?这未免太麻烦了。

后来她终于想出了一个办法,就是把那些小人儿分为男女,让男人和女人结合起来,叫他们自己去创造后代,担负起养育婴儿的责任。这样,人类就能世世代代绵延下去,并且一天比一天增多。

女娲是我们人类的始祖,她创造了人类,从而使我们的世界面貌一新。正是因为女娲,人类才能绵延不绝,生生不息。世界上有了人类,整个时空就充满了生机和活力。因此,女娲被称作人类之母。

# 共工怒触不周山

盘古开天辟地、女娲造人之后,水神共工与火神祝融不合,他向火神发动进攻。担当先锋的大将相柳、浮游,猛扑火神祝融氏居住的光明宫,把光明宫四周长年不熄的神火浇灭了。大地顿时一片漆黑。火神祝融驾着周身冒着烈焰的火龙出来迎战。所到之处,云雾廓清,雨水齐收;黑暗悄悄退去,大地重现光明。水神共工恼羞成怒,命令相柳和浮游将三江五海的水汲上来,往祝融他们那里倾去。刹时间长空中浊浪飞泻,黑涛翻腾,白云被淹没,神火又被浇熄了。可是大水一退,神火又烧了起来,加上祝融请来风神帮忙,风助火威,火乘风势,炽烈地直扑共工。共工他们想留

住大水来御火，可是水泻千里，哪里留得住。火焰又长舌般地卷来，共工他们被烧得焦头烂额，东倒西歪。共工率领水军且战且退，逃回大海。他以为祝融遇到大水，肯定会知难而退，因此立在水宫，得意起来。不料祝融这次下了必胜的决心，他全速追击。火龙所到之处，海水不由滚滚向两旁翻转，让开了一条大路。祝融直逼水宫，水神共工他们只好硬着头皮出来迎战。代表光明的火神祝融获得了全胜。浮游活活气死，相柳逃之夭夭，共工心力交瘁，无法再战，狼狈地向天边逃去。共工一直逃到不周山，回头一看，追兵已近。共工又羞又愤，就一头向山腰撞去，"哗啦啦"一声巨响，不周山竟给共工撞折了。不周山一倒，大灾难降临了。原来不周山是根撑天的大柱，柱子一断，半边天空就坍塌下来，露出石骨嶙峋的大窟窿，顿时天河倾泻，洪水泛滥。著名的"水火不相容"典故即源于这场大战。后来有了女娲炼五彩石补天的事迹，大地才得以重回正常。

水神共工氏和火神祝融氏的这场大战，皆因"水火不相容"而发生，一方面说明了水火相克的原理；另一方面说明了有些事物是自然界的本能，非人力所能干扰。远古时代流传的水神和火神的这场惊天动地的大战，没有什么所谓正义和公理，只有大自然的力量在搏击。

## 女娲娘娘补天

女娲是一位善良的神，她为人类做过许多好事。比如说她曾赐给人们婚姻，还给人类造了一种叫笙簧的乐器。而使人们最为感动的，是女娲补天的故事。

传说当人类繁衍起来后，忽然水神共工和火神祝融打起仗来，他们从天上一直打到地下，闹得四处不宁，结果祝融打胜了，但败了的共工不

服，一怒之下，把头撞向不周山。不周山崩裂了，支撑天地之间的大柱断折了，天倒下了半边，出现了一个大窟窿，地也陷出一道道大裂纹，山林烧起了大火，洪水从地底下喷涌出来，龙蛇猛兽也出来吞食人类。人类面临着空前的大灾难。

女娲目睹人类遭到如此奇祸，感到无比痛苦，于是决心补天，以终止这场灾难。她选用五色石子，架起火将它们熔化成浆，用这种石浆将残缺的天窟窿填好，随后又斩下一只大龟的四脚做柱子，把倒塌的半边天支起来。女娲还擒杀了残害人民的黑龙，刹住了龙蛇的嚣张气焰。最后为了堵住洪水不再漫流，女娲还收集了大量芦草，把它们烧成灰，埋塞向四处铺开的洪流。

经过女娲一番辛劳整治，天补上了、地填平了、水止住了、龙蛇猛兽绝迹了，人民又重新过着安乐的生活。但是这场特大的灾祸毕竟留下了痕迹。从此天就有些向西北倾斜，因此太阳、月亮和众星辰都很自然地归向西方，又因为地向东南倾斜，所以一切江河都往那里汇流。

# 巨灵劈山

在很久以前，西岳华山和今天山西境内的首阳山是连在一起的，为同一条山脉。由于大自然的恩赐与厚爱，这儿土壤肥沃，风景秀丽，山上有皑皑白云，郁郁青松；山下有夭夭桃花，萋萋芳草。我们华夏民族的祖先就在这块土地上繁衍生息，他们"日出而作，日落而息"，日子过得富庶而又祥和。然而，一场意想不到的灾难发生了。

传说在天庭王母娘娘的蟠桃宴会上，老寿星因孙大圣一句玩笑话，笑得手一抖，倾倒了半盏玉浆，酿生了人间洪祸。刹那间，一条大河自西向东而来，河水一直奔腾怒吼，横冲直撞，摧毁了庄稼，淹没了房舍。由于

华山与首阳山的阻拦,河水不能直泻东海,于是华山脚下顿时成了一片汪洋……

主宰西土十二万里天地的白帝少昊,看到人们流离失所、叫苦不迭的悲惨景象心急如焚、肝胆俱裂,他立即请求玉帝,派人治水。玉帝认为,唯有力大无穷的巨灵神可担此重任。

巨灵神名叫秦洪海,生得头如笆斗,眼似铜铃,毛发直竖,腰阔十围,貌似笨拙,行如猿猱。自领了玉帝旨命,就踏上华山峰头,居高临下,察看地形,以求为洪水找一条合适的出路。

经过细心观察,巨灵神发现在首阳山和华山之间有一条狭窄的峪道,于是他走进峪道,一手托着华山的石壁,右脚蹬着首阳山的山根,使尽全身力气,雷吼一声,只见迅雷劈空,电光闪耀,一声巨响,两山开裂,百丈高的黄浪汹涌澎湃从两山之间奔腾东流。巨灵神站在波涛之中,抬头看华山,已被推进秦岭深处;回望首阳,已经藏在波涛之北,看着被淹没的田地又重新露出水面,他欣慰地笑了。

如今,在华山北峰、苍龙岭一带东望华山著名景观"仙人仰卧",即是开山导河功成后、仰卧入睡化为山峰的巨灵神。西峰屈岭南端有蔚灵神观察地形时留下的蔚灵足迹;首阳山根有巨灵神开山时的脚印;华山东峰崖壁上有五指分明的巨灵仙掌。此仙掌已被世人公认为关中八头一景。唐朝著名诗人王维还写诗赞美华山的高峻、仙掌的灵异:

昔闻乾坤闭,造化生巨灵。
右足踏方止,左和推削成。
天地忽开坼,大河注东溟。
遂为西峙岳,雄雄镇秦京。

# 炎黄大帝

炎帝和黄帝是中华民族的祖先，我们中国人称自己是炎黄子孙。

太阳神炎帝是女娲升天若干年以后，出现在大地上的又一位大神，他和他的玄孙火神祝融共同治理着南方一万二千里的大地，主宰着南方的生命。

炎帝是一位慈爱仁厚的大神。他在世的时候，大地上的人类由于不断的生息繁衍，自然界生产的食物已经不足以满足人们的需求了，于是，仁爱的炎帝便教人类如何播种和收获五谷，用自己的辛勤劳动来换取生活所需要的一切。

一次，他看到一只浑身通红的鸟，嘴里衔了一株九穗的禾苗从空中飞过，穗上的谷粒落在地上，炎帝把它们拾起来种到了田里。这些谷物长成后，人们吃了不但可以充饥，而且还可以长生不老。人类从此有了足够的粮食，生活非常安定了。那时候，人类共同劳动，互相帮助，既没有主人，也没有奴隶，收获的果实大家平均分配，感情像亲手足一般亲密。

为了能让人类过上更加幸福的日子，炎帝又让太阳发射出足够的光和热，使五谷更加茁壮地生长，使人们生活在灿烂温暖的光明之中。从此，人类再也不愁衣食。人们非常感谢炎帝的恩德，便尊称他为"神农"。

炎帝是农业之神，又是医药之神。炎帝有一根神鞭，被叫作赭鞭。他用这根鞭子来抽打各种各样的药草，药草经过赭鞭的抽打，有毒无毒与或寒或热的各种药性就很明显地呈现出来。于是，他就根据这些药草的不同药性来治病救人。为了更加确定药性，他还亲自去品尝百草。为了尝药，他曾在一天里中毒七十多次。一次，他尝了一种剧毒的断肠草，竟然被烂断了肠子。

炎帝看到人类虽然丰衣足食了，但在生活上还有诸多不便，于是又让

人们设立了贸易市场，把彼此需要的东西拿到市场上来交换。在市场上，可用五谷换兽皮，或用珍珠交换石斧等。有了这种交换，人们的生活就更加丰富了。

那时没有钟表，也没有其他记录时间的方法，于是，炎帝又教给人们一个方法：当太阳照在人们头顶上的时候，就到市场上去进行交易，过了这段时间，大家自动离去，也就散市了。在当时，人们实行起来，感觉既简便，又准确。

在他的教育下，他的后代也为人类做了许多贡献。如他的重孙殳制作了射箭用的箭靶；鼓和廷制作了一种叫"钟"的乐器，后来，他们两人又经过努力，创作了许多歌曲，使音乐在人间得到广泛流传。

传说中的炎帝，一生为了我们人类做了许多实事。他发现并培育了五谷，为我国成为农业大国打下了基础；他是农业之神，又是医药之神，他亲自品尝百草，制作药物解除病人的痛苦。我们要学习炎帝躬亲力行的精神，无论做什么事，都应该亲自动手尝试，这样才能充分了解事情的真相。

黄帝的父亲是少典，母亲是有蛟氏的女儿，名叫附宝。少典婚后不久就外出游历去了。附宝一人在家，时常对着北斗星思念丈夫。一天夜晚，她和往日一样依窗注视着斗转星移，不知不觉就到了后半夜。屋外寒意袭人，她正准备进屋休息，忽然听到由远及近滚滚而来的震耳欲聋的炸雷，一道刺目的闪电在北斗星附近时隐时现。她从来没见过这种景象，吓得全身哆嗦了一下，心跳急促，一阵眩晕倒在地上。等她醒来的时候，发觉自己腹胀如鼓，似乎还有个东西在里边游动，后来她明白自己怀上孩子了。

这孩子在附宝肚子里过足了二十五个月才出生，他本该姓公孙，由于

附宝每天喂他附近一条名叫姬水的河中的水,所以他长大以后改姓"姬",又因为他出生、成长在轩辕山上,所以又号"轩辕"。他刚生下来就会说话,十几岁时已是仪表堂堂,成为闻名远近的勇士。在神农统治后期,他曾一人往返几万里,到西方的燧明国取来火种,改变了人们以往生食的不良习惯,从而赢得了老百姓的拥戴,继承了神农的王位。后世称他为"黄帝",位列"五帝"之首。

黄帝即位时已与西陵之女嫘祖成了亲,并生有两个儿子:玄嚣和昌意,黄帝让他们择地而居,过着简朴的平民生活,以磨炼他们的意志。黄帝厌恶战争,即位之初,不修武备,不练兵阵,与邻人友好相处,想以此达到天下大治的目标。但越到后来,他的希望越趋于破灭。因为那时候天下除了他这个中央之帝外,还有其他四帝:东方之帝是蛇首人身的太皋;南方之帝是他的弟弟,以火德统治天下的炎帝;西方之帝是风鸟适至的少昊;北方之帝则是黄帝之孙、头戴干戈的颛顼。四帝之中炎帝对黄帝做中央之帝最不服气,经常借故寻衅,滋扰边境。其他三帝学着炎帝的样子,对黄帝也不太买账。黄帝不得已而用兵。

黄帝与炎帝的争战,大体分为两个时期:第一个时期是黄帝三战炎帝,终于使这位心高气傲的弟弟口服心服,退隐起来;第二个时期是与炎帝的孙子、自称为蚩尤的战争,几经反复,最后将蚩尤绳之以法,把南方土地与自己的领地合为一处,震慑了其余三帝,最后才被尊为天子,实现了天下大治。

黄帝治理天下的基本原则和法宝是仁义,但"仁治"之外尚有"法治"——他处事公允,有法必依,执法必严,为后世树立了楷模。西北钟山之神的儿子鼓和铁鸥一起在昆仑山的东南面合谋杀害了过路的神祖江,黄帝得讯后下令把他们处死于钟山山崖;诸侯窫窳被臣下贰负和危密谋刺杀,黄帝弄清真相后给贰负、危定了谋逆大罪,披枷戴锁,反绑双手流放到疏属山,捆在树干上受罪接受惩罚。所以在黄帝时期,连神对他都惧怕三分,神女奇相一时贪玩偷了黄帝珍藏的玄珠,后来唯恐黄帝对她严惩,

竟然吓得投江自尽了。

黄帝治神得体，治鬼也有一套办法。他听说鬼住在大海中的一座朔山上，每天昼伏夜出，由神荼、郁垒两位神仙站在鬼门前监管它们，要是查出哪个鬼外出干了坏事，立即就把它用苇草绳捆起来，扔到荒野中去喂老虎，所以鬼们对神荼、郁垒怕得要死，碰见和他们装束相近的人也要远远躲开。黄帝便让老百姓在自家门上画上神荼、郁垒和老虎的像，或者挂一根苇草绳，鬼看见这些东西就吓得不敢进门了。后来他还在东海捕获一只白泽神兽，根据白泽神兽的交代，鬼共有一万一千五百二十种，黄帝让人把它们画影成图，布告天下，使人们很容易辨认，鬼再不敢为所欲为了。

黄帝还积极地动脑筋、想办法，千方百计为百姓造福，减轻人们的痛苦。除了钻木取火外，他采集首山上的铜矿，在荆山下开炉冶炼，铸了三个青铜宝鼎。据说宝鼎能轻能重，能行能止，可以自行将水汲满、烧沸，更神奇的是鼎自身含有五种味道，用它煮饭菜特别香。黄帝为了让千家万户都能吃上可口的食物，根据铜鼎的原理熔铸了较轻较薄的锅作为炊具，人们不必像从前那样在不干净的薄石片上烧煎食物了。

黄帝在位百年，活了一百七十多岁，为人类做了许多好事。在他一百七十岁那年的一次庆功会上，一条黄龙从天而降。黄帝知道这是自己完成了在人间的使命，天帝派龙接他来了，于是他就跨上龙背腾空而去，成了天神。百姓舍不得放他走，纷纷挤上去拉住他求他留下，结果七扯八拽，把黄帝的佩剑、宝弓和一双鞋子留了下来，人们把这些遗物供奉在乔山，作为对他的纪念。大约又过了五百年，乔山无故崩塌下来，把这些东西埋了进去，形成一个陵墓样的土包，大家便把它称为"黄帝陵"，每年都到这里举行隆重的祭扫黄陵的活动。

黄帝是我们华夏族的始祖之一，他和炎帝共称为华夏族的祖先。黄帝本身就是一个神话，从他不平凡的人生与为了全人类的幸福而自我牺牲的精神中，我们应该想到做人一定要讲道德，以德服人；同时，对于外来的

侵略和压迫，一定要给予坚决的反抗和还击，这样，才能维护自身的利益不受侵害。

# 仓颉造字

仓颉是黄帝手下的一位官员。黄帝分派他专门管理圈里牲口的数目、囤里粮食的多少。仓颉非常聪明，做事也是尽心尽力，很快熟悉了所管的牲口和粮食，心里都有了谱。可是时间一长，牲口和粮食的数目都开始增加，便很难记住了。仓颉就用绳子打结，用各种不同颜色的绳子表示不同的牲口、食物，用绳子打的结代表数目。但时间一长，这个办法就不奏效了。仓颉就把贝壳穿在绳子上，这个法子一连用了好几年。

黄帝发现仓颉能干，叫他管理的事情也就越来越多，后来几乎所有的事情都要由仓颉记录。以前那套用绳子穿贝壳的方法已经不够用了，仓颉又犯难了。一天，仓颉突发灵感，他发现一个脚印就代表一个野兽，既然这样，为什么不能用一种符号来表示所管的东西呢？他就开始创造各种符号来表示各种事物，果然，把事情办得非常好。黄帝知道后，大加赞赏，命令仓颉到各个部落去传授这种方法。渐渐地，这些符号的用法推广开了，就形成了文字。

仓颉创造了文字，黄帝十分器重他，众人也都称赞他，他的名气越来越大。仓颉骄傲起来，谁也看不起。于是，造字也马虎起来了。这话传到黄帝的耳朵中，黄帝很恼火，他便召来身边最年长的老人商量。老人沉吟了一会儿，独自去找仓颉了。当时仓颉正在教各个部落的人识字，老人就坐在最后，认真地听了起来。仓颉讲完，别人都走了，唯独这老人不走，仓颉感到很奇怪，就上前问他为什么不走。老人就指出了仓颉所造的字中，有许多是和其他字体不一样的，自己不理解，就来请教他了。仓颉

羞得无地自容，深知自己因为骄傲铸成了大错。这些字已经教给各个部落，传遍了天下，已经很难改变了。于是仓颉连忙跪下，痛哭流涕地表示忏悔。

老人诚挚地说："仓颉呀，你创造了文字，使我们的经验能一代代流传下去，你做了一件大好事，世世代代的人都会记住你的，你千万不能骄傲自大啊！"从此以后，仓颉每造一个字，总要反复推敲，还去征求他人的意见，一点儿也不敢粗心。大家都说好，才定下来，然后逐渐传到每个部落去。

汉字的发明，是中华文明史上极为重要的里程碑。汉字是仓颉创造的，而他的故事也教育了我们，无论做什么事，都要细心，踏踏实实，一步一个脚印。千万不能因为有了一点儿成绩，就开始骄傲自满，否则只会酿成大错。

# 伏羲出世

传说在我国遥远的西北，有一个极乐的国家，叫"华胥氏国"。

在这个极乐的国土上，有个名叫"华胥化"的姑娘。有一次，她到东方的大沼泽"雷泽"去游玩，偶然看到沼泽边有一个巨人的大脚印，她觉得这个脚印又奇怪又好玩，就想用自己的脚比较一下脚印的大小，便去踩这巨人的脚印，她一踩顿时有某种奇特的感觉，后来她就怀孕了，生下一个男孩，取名叫"伏羲"。

雷泽的主神是雷神，这个脚印就是他留下的。人们根据这个原因，都说伏羲是雷神的儿子。他长得确实有些像雷神，是人面蛇身。说他是雷神的儿子，还因为他能沿着一道天梯自由自在地到天上去。后来伏羲成了东方的上帝。

伏羲为人们做出了很大的贡献。他曾经画出了八卦，其中包含天地万物的种种情况，那时候人们就用它来记载生活中发生的各种事情。伏羲又把绳子编织起来，做成渔网，用来捕捞江河里的鱼。他手下的句芒，从他的渔网中得到了启发，仿照他的办法编织出了鸟网，教人们去捕捉飞禽。这都为改善人们生活条件提供了良好而实用的工具。

要说伏羲对人们做出的最大贡献，恐怕就是他将火种带给了人们。在这之前，人们吃的全都是生冷食物。吃肉食时，腥膻的生肉常常使人们生胃病、吃坏肚子；吃生的野菜、野果使人们消化不良。伏羲看到这一切，很怜惜人们的痛苦。

一次，他来到天山，恰好遇到了大雷雨，霎时间雷电交加，十分恐怖。突然，山林里燃起了熊熊的大火。原来，是雷电把干枯的树木引燃了。有许多小动物被烧死了，大火过后，伏羲拾来一些小动物一尝，味道居然非常可口。于是，伏羲便把火种留了下来。他把这火种传给每一个人，教人们用火烤熟食物来吃。

人们吃了烤熟的食物，一个个身强体壮，无论捕鱼、打猎都非常有力气。而且，人们因为吃生食引起的疾病也越来越少了。

伏羲有许多后代。他生了咸鸟，咸鸟生了乘厘，乘厘生了后照，而后照就是巴图的始祖。因此说，伏羲也就是巴图的始祖了。

伏羲是"华胥化"踩了雷神的大脚印而怀孕生出的，他和炎帝、黄帝同是人类早期祖先，他伟大的贡献就是发现了火的功用，加上创立八卦，教会人类结网捕鱼、鸟等，这些都是对人类文明的发展做出的巨大贡献。伏羲的创新精神，教导我们在日常生活中要善于发现，善于思考，用自己的"第三只"眼睛观察身边的世界。

## 燧人氏钻木取火

远古蛮荒时期，人们不知道有火，也不知道怎样用火。到了黑夜，四处一片漆黑，野兽的吼叫声此起彼伏，人们都聚集在一起又冷又怕。由于没火，人们只能吃生的食物，经常生病，寿命也很短。这时，天上有个名叫伏羲的大神出现了，他看到人们生活得这样艰难，心里很难过，他想让人们知道火的用处。于是伏羲大展神通，在山林中降下一场雷雨。随着"咔"的一声，雷电劈在树木上，树木燃烧起来，很快就变成了熊熊大火。人们被雷电和大火吓得到处奔逃。

不久，雷雨停了，夜幕降临，雨后的大地更加湿冷。逃散的人们又聚到了一起，他们惊恐地看着燃烧的树木。这时候有个年轻人发现，原来经常响彻周围的野兽的号叫声没有了，他想："难道野兽也怕这个发亮的东西吗？"于是，他勇敢地走到火边，发现身上好暖和。他兴奋地招呼大家："快来呀，这火一点儿都不可怕，它给我们带来了光明和温暖！"这时候，人们又发现不远处被火烧死的野兽，发出了阵阵香味。人们聚到火边，分吃着烧过的野兽肉，觉得自己从来没有吃过这样的美味。于是人们感到了火的可贵，他们捡来树枝，点燃火，保留起来。每天都有人轮流守

着火种，不让它熄灭。可是有一天，值守的人睡着了，火燃尽了，树枝就熄灭了。人们又重新陷入了黑暗和寒冷之中，痛苦极了。大神伏羲在天上看到了这一切，他托梦给那个最先发现火的用处的年轻人，告诉他："在遥远的西方有个燧明国，那里有火种，你可以去那里把火种取回来。"年轻人醒了，想起梦里大神说的话，决心到燧明国去寻找火种。年轻人翻过高山，涉过大河，穿过森林，历尽艰辛，终于来到了燧明国。可是这里没有阳光，不分昼夜，四处一片黑暗，根本没有火。年轻人非常失望，就坐在一棵叫"燧木"的大树下休息。突然，年轻人眼前有亮光一闪，把周围照得很明亮。年轻人立刻站了起来，四处寻找光源。这时候他发现就在燧木树上，有几只大鸟正在用短而硬的喙啄树上的虫子。只要它们一啄，树上就闪出明亮的火花。年轻人看到这种情景，脑子里灵光一闪。他立刻砍了一些燧木的树枝，用小树枝去钻大树枝，树枝上果然闪出了火光，可是却燃不起火来。年轻人不灰心，他找来各种树枝，耐心地用不同的树枝相互摩擦。终于，树枝上冒烟了，然后出火了。年轻人高兴得流下了眼泪。年轻人回到了家乡，为人们带来了永远不会熄灭的火种——钻木取火，从此人们再也不用生活在寒冷和恐惧中了。人们被这个年轻人的勇气和智慧所折服，推举他做首领，并称他为"燧人"，就是取火者的意思。

  燧人氏是发明"钻木取火"的大英雄。由于伏羲发现了火的功用，人类过上了不同于其他动物的生活，但是天然火难保不会有熄灭的时候。"燧人"依靠自己的勇敢和智慧，终于发明了使火种能够永远保存下来的方法，他不负众望地完成了这项任务。所以，"燧人氏"带来了光明，我们应该永远记住他。

第一章 远古神话传说

# 夸父追日

远古时候，在北方大荒野一座叫"成都载天"的大山上，住着夸父族的人。据说他们是大神后土的子孙。他们个个身材高大无比，力量惊人。他们性格勇敢坚强而又诚实笃厚。

有一个夸父族的巨人，看见太阳每天从东方出来，又从西方隐没，之后就是黑暗无边的长夜，一直等到第二天的早晨，太阳才从东方出来。巨人夸父心想："每天晚上，太阳躲到哪里去了呢？我不喜欢黑暗，我喜欢光明！我要去追赶太阳，把它抓住，让它固定在天空中，让大地不分昼夜一直都光辉灿烂。"

于是他迈开大步，在原野上如风地奔跑，向着西斜的太阳追去，瞬息间就跑了一两千里。

他这一追，一直把太阳追到禺谷。禺谷，就是虞渊，也就是太阳沉落的地方。

还不等太阳落下去，长腿善跑的巨人夸父就已经追到了。一团红亮的火球就在夸父的面前，使他周身完全处在光明的围绕之中，他情不自禁地举起两条巨大的手臂来，想把眼前的太阳捉住。

就在这时，他喉咙里忽然感到一种极其烦躁的干渴，使他无法忍受。他只得暂时放弃了想要追捕的太阳，伏下身子来，去喝黄河、渭水里的水解渴。霎时间两条大河的水竟都被他喝干了，即使这样，仍然没有解决那烦躁而难受的干渴。

他继续向北方跑去，准备去喝大泽里的水。那大泽，又名"瀚海"，在雁门山的北边，是鸟雀们繁衍幼儿和更换羽毛的地方，有千里宽广。那倒是一处好水泉，可以给寻求光明的巨人解除口渴。可惜他还没有到达目的地，就在中途因疲累口渴而死去。

他高大的身躯像一座大山一样倒了下来，大地因这巨人的倒下而发出

轰然的震响。这时太阳正向虞渊落去，最后几缕金色的光辉涂抹在巨人夸父的脸颊上，他遗憾地看着正在西落的太阳，长叹了一声，便把手里拄的杖奋力往前一抛，闭上眼睛长眠了。

到第二天早晨，当太阳又从东方升起，用它的金光来普照大地的时候，昨天倒毙在原野上的巨人夸父，已变成了一座巍峨的高山。山的北边，有一片绿叶茂密、鲜果累累的桃林，那就是巨人夸父的手杖变成的。他用这些滋味鲜美的果子为后来追寻光明的人们解除口渴，使他们一个个体健口润，精神百倍，勇往直前，不达目的誓不罢休。

巨人夸父为了能够留住光明，希望通过追日，使光明永远照耀大地。他不怕艰辛，努力追求光明，同时为了让后人不要和他一样因口渴而失去了最后成功的机会，把手杖变为桃林。巨人夸父这种勇往直前、不达目的誓不罢休的精神，值得我们学习。我们在设定理想时，也应该为了实现理想而奋勇前进，不要怕过程艰难，路途险阻。

# 精卫填海

太阳神炎帝最钟爱的小女儿名叫女娃。有一天，女娃驾着小船，到东海去游玩，不幸海上风涛骤起，海浪把小船打翻了，女娃被淹死在海里，永远也回不来了。

女娃临死之时非常不甘心，死后她的灵魂化作了一只小鸟，名叫"精卫"。精卫长着花脑袋、白嘴壳、红脚爪，大小有点像乌鸦，住在北方的发鸠山上。她恨无情的大海夺去了她幼小的生命，于是常常飞到西山去衔小石子、小树枝，展翅高飞，一直飞到东海。她在波涛汹涌的海面上飞翔着，把石子或树枝投下去，希望有一天能够把大海填平。

大海奔腾着,咆哮着,露出雪亮的牙齿,凶恶地嘲笑道:"小鸟,我劝你还是算了吧,你这样就算干上一百万年,也休想把我填平。"

精卫在高空中答复大海:"哪怕是干上一千万年,一万万年,干到世界的末日,宇宙的终结,我也一定要把你填平!"

"你为什么恨我恨得如此之深呢?"

"因为你夺去了我的生命,如果我不把你填平的话,将来你还会无情地夺去许多年轻无辜的生命。"

"哈哈!真是只不知天高地厚的傻鸟!"大海哈哈地大笑着。

精卫在高空悲啸:"我要永无休止地干下去!总有一天我会把你这叫人愤恨的大海填成平地!"

她离开大海,又飞回西山,把西山上的石子和树枝衔来投进大海里。她就这样往复飞翔,从不休息,直到今天她还在做着这种工作。

女娃是太阳神炎帝的女儿,她被东海无情地夺去了生命,死后变成小鸟"精卫"。精卫每天去西山衔来石子,希望能够填平东海,来挽救更多的生命。虽然每天的成就都很小,但是精卫是为了挽救更多人的生命,她锲而不舍、奋斗终生的精神,值得我们学习。

# 后羿射日

相传尧在位的时候,天空中出现了十个太阳,这种情况一连持续了好多年。与此同时,地上妖怪横行、猛兽成群,危害百姓的生活。

十个太阳,都是东方上帝帝俊的儿子。帝俊身为上帝,对儿子们的胡闹和猛兽的作怪也极为不满,于是,就派擅长射箭的羿到民间去为民除害。

羿带着妻子嫦娥来到人间。尧立即陪伴着羿夫妻俩去巡视人民的灾情。可怜的人民,每天在十个太阳的烤炙下,有的已经不堪忍受而痛苦地死去了,其余的也已经是奄奄一息,只剩一把黑瘦的骨头了。可是当他们听到天神羿下到了凡间,要为他们射日的时候,顿时又恢复了活力。四面八方的人民,都赶到王城所在的地方,聚集在广场上,欢呼雀跃,要求羿替他们诛除祸害。

起初,羿原本打算虚张声势,恐吓这十个太阳,叫他们不敢再随便出来调皮也就罢了。可他哪里知道这些骄纵惯了的少爷,看见羿在下面拈弓搭箭,做要射的样子,竟满不在乎,只冷笑而已。这一来着实惹恼了羿,正直的羿心想:就算你们是天帝的儿子,只要你们敢和人民为敌,我就敢收拾你们!

于是他慢慢举起神弓神箭,搭上箭、拉满弓,对准天空中的一个太阳,"嗖"的一箭射了出去。起初似乎看不出什么,过了一会儿,只见天空中一团火球悄无声息地爆裂了,流火乱飞,金色的羽毛纷纷四散,"轰"的一声落在地上的是一团红亮的东西。人们跑近前去一看,原来是一只极大的金黄色的三足乌鸦,想来这便是太阳精魂的化身了。再向天上一看,太阳果然已经只剩下九个,空气也似乎比先前凉爽了一些,人们不由得齐声喝起彩来。

羿心想祸事既然已经闯下了,索性一不做二不休。于是,他又拈弓搭

箭,向着天空中东一个西一个战栗着想逃跑的太阳射去。一支支的箭像疾鸟般地从弓弦上发出,只听得"嗖嗖嗖"的箭声,紧接着就可以看到天空中一团团火球无声地爆裂,满天是流火,数不清的金色羽毛四散在空中。

三足乌鸦一只只地坠落下来,人民的欢呼声响彻了大地,羿见自己的所作所为正是人心所向,因此射得更加酣畅。站在土坛上看羿射日的尧,忽然想起太阳对于人民来讲也是必不可少的,不能全射下来,于是赶紧命人暗中从羿的箭袋里抽出了一支箭,羿以为十支箭都射完了,就停了下来。因此天空中就剩下了一个太阳。

羿射落九个太阳,作为太阳精魂化身的金色三足乌鸦落到了地面上。至于那些爆裂的火球,它们都落到了东洋大海里,变作了"沃焦"。原来在东洋大海里,有一块巨大无比的石头,方圆是四万里,厚也是四万里,滚热发烫,像个大火炭团,海水灌注到上面,一下子就会被吸收进去,烘得焦干,所以叫"沃焦"。据说它就是被羿射落的九个太阳的碎壳流浆凝聚起来变成的。大川小河的水,流注到海洋去,并没见它涨溢出来,一个重要的原因就在于此。

后羿是上天的神箭手,为了天下苍生的生命,力射九日,拯救了万物生灵。后羿射日的故事,教导我们在面对邪恶的时候,要冷静地分析当前的形势,勇于挺身而出,不畏强权,力除邪恶。

# 嫦娥奔月

羿由于射杀了天帝的儿子而得罪了天帝,不能返回天上,也因此殃及了自己的妻子嫦娥。

有一天,嫦娥对他说:"别的我都不怪你,只怨你不该这么鲁莽,射死

了天帝的儿子,叫我俩都贬为凡人。你知道,做了人是会死的呀!死了以后,就得到地下的幽都去,和那些黑色的鬼魂住在一起,过那种愁惨暗淡的生活,你想一想,这是一件多么可怕的事情呀!"

"是呀,我也不想到幽都去,可是,那又有什么法子呢?"羿闷闷地回答说。

嫦娥想了想,说:"听说在昆仑山住着一个神人,名叫西王母。西王母那儿藏有不死的灵药。"

"对呀,"羿高兴地说,"西王母藏有不死药,吃了可以使人长生不死,我怎么先前竟一点也没有想到呢?——好,明天我就去,去向西王母求不死之药。"

"去吧,我期盼着你能够如愿以偿地回来。"嫦娥说。

于是羿就打点好行装,带了些路上吃的干粮,背上弓箭,骑上白马,在第二天早晨太阳刚刚升起之时,便向昆仑山进发了。

昆仑山，是西方的一座大山，黄帝和西王母都住在这里。它的下面环绕着弱水的深渊，凡人是无法通过的，所以虽然西王母藏有不死的神药，却始终没有一个人能够得到。

羿来到昆仑山脚下，毕竟他非常人可比，靠着他射日除害的神力和不屈的意志，终于通过了弱水，攀登到达山顶。这地方的高度，据说有一万一千里一百一十四步二尺六寸，如果不是羿，换了普通人的话，谁都无法到达这个地方。

羿到了昆仑山顶，没过多久就见到了他辛苦寻访的神人——西王母。

西王母拥有可以让人不死的神药。由于她掌管着瘟疫刑罚，可以随时夺取人类的生命。既然可以夺取人类的生命，当然也就可以赐予人类生命，因此大家都传说不死的神药在西王母那里。

羿把来意向西王母说明了之后，西王母非常同情羿的不幸遭遇，于是慷慨地送给他一包足够两人吃的不死药，并且告诉他："这药，是从不死树上采下的不死果炼制而成的。不死树三千年开一次花，六千年结一次果，而且所结的果子稀少。我剩下的全部药物都在这里了。如果一个人吃了这么多药，就还有升天成神的希望。你拿回去好好地保藏，千万不要丢掉了。"

"谢谢您！您的话我一定铭记于心。"羿说。

羿如愿以偿，带着不死药，高高兴兴地回到家里。他一回家，就把不死药交给妻子保管，准备挑选一个吉日，他和妻子同吃。

羿并不想再上天，因为天上的情形并不见得比人间好，只要不到地狱去，他就心满意足了。可是他的妻子嫦娥却和他的想法迥然不同。她想她原是天上的女神，如今上不了天，全是受了丈夫的连累，照理他该还她一个女神才是。神药既然除了长生还有使人升天成神的妙用，那么就算是自私一点，吃下丈夫这份，也不算亏负他……

思来想去，她最终打定了主意，不再等待什么吉日，趁羿不在家的一个晚上，她把那包神药取出来，自己全部吃了下去。

奇事果然在这时发生了，嫦娥渐渐觉得她的身体轻盈起来，脚和地面

26

慢慢地脱离，终于不由自主地飘出了窗户。

但是自己到什么地方去呢？她思考着：假如到天府，定会被天上的众神嘲笑，说她是背弃丈夫的妻子；看来只有到月宫里去，暂时躲藏一下，是较为稳妥之计。打定主意以后，她就一直向月宫飘升而去。

她没有料到的是，她到了月宫之后才发现，月宫里竟是出奇冷清。这里除了一只白兔、一只蟾蜍、一株桂树以外，其他什么都没有。直到许多年以后，才又添了一个"学仙有过"、被罚到月宫里来砍桂树的吴刚。吴刚砍伐这棵五百丈高的桂树，桂树故意和他过不去，创口随砍随合，一直都砍不倒。

这景象令嫦娥非常灰心失望。但是既然已经来了，只得暂且住下再说。可是她越住下去，就越觉得寂寞。她开始思念家庭的乐趣、丈夫的优秀。如果自己宽宏大度一点，不这么自私、心胸狭窄，两人分吃那不死的神药，夫妻永生在世上，岂不胜过一个人冷清清地在这月宫里做神仙吗？

她懊悔不已，想回到凡间去，向丈夫承认自己的过失，请求他的原谅。但是药已经吃下肚去，这种愿望便只能是空想。从此她就只好永远住在月宫里，再也出不来了。

嫦娥想成为天上的神仙，抛弃了自己的结发丈夫后羿，后来只能在月宫中寂寞受罪。她的故事告诉我们，自私是一种不好的行为，其后果只能自己承担。

# 崂山道士

从前有个王姓的读书人，在家里排行第七，是一个世代做官的人家的后代。他从小爱慕学习道术。听说崂山有许多仙人，他就背着书箱出门访道。他登上山顶，看见一座道士祀神的庙宇，十分幽静。一个道士坐在蒲

草编的圆垫上，白头发垂到衣领上，神情相貌清爽高超。王生恭敬地问，道士则回答他，道士的回答深远高妙不易领会。王生请求拜道士为师。道士说："只怕你娇贵懒惰不能做艰苦的劳动。"王生回答："我可以吃苦。"道士的徒弟十分多，在天色临近昏暗的时候就全都到齐了，王生他们全都向道士叩头。王生就留在观中学道。

将近天亮的时候，道士把王生叫去，给他一把斧子，让他随徒弟们一起上山砍柴。王生恭敬地接受师父命令。过了一个多月，王生的手脚磨出了很厚的硬皮，他实在不能承受这种苦楚，暗自有了回家的念头。

一天傍晚回来，王生看见两个人和师父一起喝酒。天色已经昏暗，还没点灯烛，师父就剪了像镜子一般的纸贴在墙壁上。不一会儿，如同明亮的月亮照耀屋内，光亮能照出极细微的东西。各个徒弟环绕着道士听他差使，为他办事。一个客人说："这样美好的夜晚，这么大的乐趣，不可以不和大家一同享受。"于是拿起桌上的一壶酒，分别赏赐给各个徒弟，并且嘱咐徒弟们尽情痛饮，一醉方休。王生心想：七八个人，一壶酒怎么能都供给到呢？各个徒弟就各自找来盛酒的器具，争着喝酒，只怕酒器中的酒喝完。但是倒了很多遍，酒竟然不减少。王生对此感到奇怪。一会儿，另一位客人说："承蒙主人赏赐明亮的月亮的照耀，我们却这样寂寞地喝酒，也未免太无趣了，为什么不把嫦娥请来助兴呢？"师父就把筷子向月亮中抛去。看见一位美人从月光中走出，最开始不满一尺，到了地上，就与常人一般高了。她腰肢纤细，面容秀美，轻盈地跳着霓裳羽衣舞。不久又歌唱道："仙哪，仙哪！还会回去吗？还会把我禁闭在广寒宫吗？"

她的声音清脆高扬，响亮得如同洞箫中吹出的声响。歌唱完了，嫦娥轻盈旋转而上，一跃登上了桌子，大家正对嫦娥感到惊奇时，嫦娥已经又变成了一支筷子。三个人大笑起来。又一位客人说："今天晚上真快乐，可是我不能再喝酒了，希望你们到月宫为我送行好吗？"于是三个人离开酒席，渐渐进入月中。众徒弟看三人坐在月光中喝酒，胡子眉毛全都看得很清楚，像在镜子里的人影一样。过了好一会儿，月亮渐渐变暗。一个徒弟

来点蜡烛，却只见道士一个人坐在桌旁而客人不见踪影，桌上菜肴果品还在，墙壁上的月亮，只是一张像镜子一样圆的纸罢了。道士问众徒弟："喝够了吗？"众徒弟回答："足够了。"道士说："既然喝够了，就早早睡觉，不要耽误明天砍柴割草。"众徒弟答应着退了出去。王生私下里羡慕师父的道术，回家的念头就打消了。

又过了一个月，王生实在忍受不了这个苦了，可是道士却仍然不传授给他任何法术。他心急不愿意再等待了，向师父辞别说："弟子从几百里外来拜师，即使不可以得到长生不老的法术，小的法术传授教习给我也可以安慰我这颗求教的心。现在已过了两三个月，我每天不过是早早地上山砍柴到天色昏暗才回来，弟子在家时，没受过这种苦楚。"道士笑着说："我本来就说你吃不了这个苦，现在果不其然。明天早上就打发你动身回家吧。"王生说："弟子在这里劳动几个月了，请师父传授点小法术给我，也不辜负此行了。"道士问："你想求教什么法术？"王生说："我每次看见师父走过之处，坚硬的墙壁也不能阻隔，只要学到这一法个术就足够了。"道士笑着答应了他的要求，就传授给他咒语，让他自己念咒语，念完，喊了声："进去！"王生脸对着墙不敢进去。道士又说："你试着进去。"王生果然不慌不忙地进去墙里，到墙根边却受到了阻碍。道士说："低着头猛然朝里进，不要徘徊犹豫不进！"王生照着师父说的话做，离开墙几步，奔向墙壁并且进去了。到了墙边，就像什么东西也没有似的，回头一看果然已经站在墙外了。他心中十分高兴，进去谢过师父。道士说："回家之后，应当洁身自守，不然咒语不灵验。"于是送给他路费，打发他回家。

王生到家，自夸遇见了仙人，学到了法术，就是坚硬的墙壁也不能阻挡他。他的妻子不信他的话，王生模仿在崂山的做法，离开墙几尺处，向墙奔去，一头碰到了坚硬的墙壁，一下子就倒下了。妻子扶起他一看，额头上鼓起一个大包。妻子嘲笑他。王生又惭愧又不平，骂老道士不善。

王生的举动是不是十分可笑呢？但仔细想象现实中很多的人不是跟他一样，被贪欲遮住双眼，迷住了心窍，做出一些令人匪夷所思的事。

# 吴刚醉伐桂花树

很早以前,在一座大山的山脚下,住着一个靠砍柴、卖柴为生的樵夫吴刚。他家境贫穷,父母早亡,凭着一把斧子、一根扁担和一身力气养活自己,二十多岁了还没有娶到媳妇。好在他每天与山林做伴,与溪涧为伍,性格十分开朗,和其他人相比,倒少了几分俗气。

一天早上,吴刚上山打柴时救了一个被蛇咬伤的老人。这个老人看到吴刚忠厚老实,是个淳朴善良的青年,对他又有救命之恩,于是就给吴刚指点迷津,让他上月宫修仙。

吴刚相信了老人的话,在老人的帮助下,他来到了月宫。

月宫的景象到底和人间不同,到处是亭台楼阁,云飞雾绕,玉阶银桥,清新爽洁。吴刚看得目不暇接,正在心驰神往的时候,一个青衣童子款然飘至他的面前:"你是来月宫修仙的吧?请跟我来。"

吴刚被带到了学仙台,这里已经聚集了一群前来学仙的凡人,他是一个不起眼的新成员,别人忙着练功,很少有人搭理他,他也不主动找别人说话。离学仙台不远处有株参天的桂树,一年四季散发着沁人的幽香。吴刚是个樵夫,对树木有着特殊的感情,一有空闲就在树下转悠。

这天是学仙台休息的日子。吴刚到月宫后还没到过别的地方,他一个人离开学仙台,随便到处走着。当他走到一个角落处,隐隐听见附近传来很特殊的声音,他信步过去,发现原来是一只玉兔在捣药,他好奇地问:"喂,你在干什么呀?"

玉兔抬头瞧了他一眼,继续捣起药来,没好气地说:"你这人怎么这么笨!连我在捣药都看不出来?现在来修仙的人真是越来越差了!"

吴刚赔着笑脸:"不错,我确实很笨,不过我还是搞不懂你捣这么多的药有什么用。"

玉兔一脸鄙夷的神情,举着一颗捣好配成的药丸自豪地说:"我这药是

从神药山上采来的，凡人只要吃了一颗，马上就可以变成神仙，比你们这些人在学仙台修仙不知要强多少倍！"

吴刚一听来了精神："那你能不能给我一颗吃，让我早点变成神仙？"

"那可不行！"玉兔将药丸往旁边的药袋中一放，不料那药丸从袋口掉了出来，刚巧落在吴刚的脚边。玉兔没留意，有一句没一句地说："学仙台的人个个都想找我讨药吃，可我这药是有数目的，给谁吃得由天帝决定，我给了你就要受罚，有人偷吃更要受罚……"

吴刚已没心思听玉兔唠叨了，他本来是个老实巴交的砍柴人，可那药丸的诱惑力实在太大了，他终于忍不住弯下腰飞快地捡起药丸一口吞了下去，转身走了。

"新来的吴刚成了神仙"的消息在月宫中不胫而走。

后来玉兔清点药丸时发现少了一颗，回想起白天只有吴刚来过，现在他这么快成了仙，一定是他偷吃了仙药，便把情况报告了天帝。天帝一听大怒，立即派天兵天将把吴刚从月宫捉回天庭，本来准备把他贬到凡间重新做人的，但念及他在人间时曾经救过神仙，而且为人忠厚老实，最后决定罚他做一个最累的神仙。天帝说："你不是一心想成仙吗？现在你回到月宫去，用你使了二十年的利斧把那棵桂树砍倒。砍倒了桂树，我就正式封你一个仙号，否则你就永远别回天庭，在月宫中做个又苦又累的无名小仙。"

吴刚听了暗自高兴："砍一棵树有何难，这可是我的老本行呀。"他一口应允下来。他刚被押回月宫，就迫不及待地举斧砍树，岂料一斧下去，看似砍开了一个缺口，可斧子一抽出来，缺口立即又完好无损了，他连砍了几天几夜都是如此，最后他才明白原来这桂树是一棵神树。

吴刚为了能早日名正言顺地做个神仙，索性在桂树下搭了个棚子住了下来，明知砍不倒但总是不死心地砍。砍了许多年，唯一的收获就是将树上落下的桂花酿成了芬芳四溢的桂花酒。砍树砍累了，借酒浇愁，聊以自娱，结果是越砍越愁，越愁越喝，越喝越醉，越醉越愁，越愁越砍……我们时常看到月亮上有影子摇来晃去,那正是吴刚喝多了桂花酒步子不稳的缘故。

吴刚醉伐桂花树是与嫦娥奔月齐名的神话。吴刚善良地救了神仙,从而能够在神界学习修仙。但是,却由于偷吃了玉兔捣的仙药,而被天帝罚砍神桂树,急于成仙的吴刚只能不停地砍伐月宫中的神桂树。吴刚的故事教育我们,做事一定要一步一个脚印,踏踏实实才能成功,急于求成只能导致相反的结果。

# 第二章

## 民间神话故事

# 炎帝和黄帝的传说

黄帝和炎帝其实并不是皇帝，而是古书记载中黄河流域远古时代的两个部落首领。黄帝和炎帝都出生于黄河的支流渭河流域，当时已是父系氏族公社时代。传说他们都是"有熊国君"少典氏的后裔，"昔少典娶于有氏，生皇（黄）帝、炎帝。黄帝以姬水成，炎帝以姜水成；成而异德，故黄帝为姬，炎帝为姜"。这里所说的"生"，并非说黄帝和炎帝是少典氏亲生，而是说他们都是少典氏的后裔。"黄帝以姬水成"，是说他在姬水岸边长大，因而以姬为姓。姬水即古漆水，发源于今陕西麟游县西部偏北的杜林，在今武功县汇入渭河。姜水为渭河支流歧水下游的一段，即今之清姜河，在陕西宝鸡汇入渭河。这就是说，炎黄两个部落，最初的活动地区都在黄河的支流渭河的上游地区。

传说黄帝原姓公孙，因长于姬水，才改姓姬；曾居轩辕之丘，号轩辕氏；因是有熊国君之苗裔，又称有熊氏。他"生而神灵，弱而能言，幼而徇齐（伶俐），长而敦敏，成而聪明"，后来被推举为部落首领，率部迁徙到陕西北部定居。随着农业生产的发展，为了寻找更加平坦、开阔、肥沃的土地，又沿北洛河南下，到达今陕西的大荔、朝邑一带。那里的黄土地给了他们发展农业的便利条件，但不时出现的干旱又困扰着他们，迫使他们去继续寻找理想之所。于是，黄帝又率领族人从大荔、朝邑东渡黄河，顺着中条山和太行山麓进入汾河谷地，再向东北迁移，到达今河北涿鹿附近。那里有由桑干河、洋河冲积而成的适宜农耕的宽阔谷地，附近还有可供狩猎的山林，他们觉得环境非常优越，就定居了下来。

就在黄帝率领他的部落东迁的时候，炎帝也率领他的族人开始长途跋涉。炎帝又称赤帝，一说他降生于厉（烈）山即今湖北随州市厉山镇，一

说他降生于常羊即今陕西宝鸡神农乡常羊山,"育于姜水,姜姓,以火德王,亦曰烈山氏"。同是为了寻找理想的定居之地,他也率领部落东迁。但走的路线与黄帝不同,他们先是沿渭河东下,到达今河南西南部,再顺黄河东下,到达现在的豫东地区,在那里安顿了下来。

那时候,随着私有财产的出现和氏族制度的瓦解,部落首领逐渐掌握了一定的特权。部落之间为了争夺生存空间,为了互争雄长,经常发生战争。一些部落首领为了满足自己的私欲,"内行刀锯,外用甲兵",也发动掠夺财富、奴役其他氏族部落的战争。这种战争加剧了社会的分化,给正常的农业生产带来巨大的威胁,但氏族制度调节社会矛盾的习惯法此时又已丧失作用,对此显得无能为力。面对日益增多的战争,具有血缘关系的亲属部落便互相联合起来,结成联盟,进而结成范围更大的联合体。炎、黄两大部落这时也都使用武力征讨四方,扩大自己的势力,从而引发大规模的冲突。双方在阪泉(今河北怀来)进行了三次大战,黄帝指挥属下的熊、罴、貔、貅等六个氏族,与炎帝部落杀得天昏地暗,炎帝部落遭到惨败,只得缴械投降。由于这两个部落有血缘关系,黄帝没有屠杀炎帝部落,而是和他们结成部落联盟,黄帝便成了炎黄部落联盟的首领。炎黄部落联盟经过长期的发展,形成日后华夏民族的雏形。

后来,定居在山东曲阜地区的九黎首领蚩尤扩展势力范围,又引发了与炎帝部落的战争。九黎即九夷,属于东夷族。传说蚩尤领有九个部落,八十一个氏族,他兽身人语,铜头铁额,食沙石子,如同妖魔,这可能是出自炎黄子孙对其他部落首领的故意丑化。"蚩尤作冶""以金作兵",制造兵杖、刀、戟、大弩,英勇善战,威震天下。他率领九个部落组成的部落联盟西进豫东,进攻炎帝部落。炎帝部落无法抵挡,节节败退,居地尽失。蚩尤紧追不舍,炎帝向黄帝寻求援助。黄帝于是率部迎击,与蚩尤在涿鹿展开激战。这场战争进行得极其惨烈,据说黄帝与蚩尤九战不胜,蚩尤放出大雾弥漫了三天三夜,黄帝的部落看不清方向,黄帝之"臣"风后受北斗星座的启示发明了指南车,他们才得以冲出大雾。黄帝在困境中还

得到玄女的帮助，制作了八十面大鼓，用东海神兽夔的皮蒙鼓，用雷兽的骨头做鼓槌，在战斗中擂响，声闻五百里。战斗延续了很长时间，最后在冀州进行决战。黄帝派应龙向蚩尤进攻，应龙蓄水，摆下水阵。蚩尤请来风伯雨师，一时风雨大作，冲垮水阵，使黄帝再次陷入了困境。黄帝又请来天女旱魃阻止风雨，使天气突然转晴。蚩尤不知所措，部下惶恐不安，黄帝指挥大军掩杀过去，取得最后的胜利，蚩尤和他请来的风伯雨师都投降了黄帝。黄帝便进入东夷活动的地区，他"驾象车而六蛟龙，毕言（兆火鸟）并辖，蚩尤居前，风伯进扫，雨师洒道，虎狼在前，鬼神在后，腾蛇伏地，凤皇（凰）覆上"，至泰山之顶大会鬼神，并演奏了他亲自作的一支激越悲凉的《清角》乐曲，以纪念涿鹿之战的胜利。蚩尤后来被杀，一部分九黎人加入炎黄部落联盟，融入了华夏族；一部分南下，融入南方的苗蛮之中。

　　涿鹿战争的胜利，进一步扩大了炎黄部落联盟的势力，发展成规模更大的部落联合体。黄帝的权威大大提高了，集审判权、祭祀权、军事指挥权与生产指挥权于一身。各部落均须听从他的号令，不听从号令的，即出兵进行征伐。他还开山修路，努力打通部落地区的隔绝，增进部落之间的交往。传说黄帝一生"未尝宁居"，在一百一十八岁那年出巡河南时死在荆山，人们将他护送回陕北，葬在今陕西黄陵县的桥山之上，这就是前面提到的黄帝陵。

　　由于黄帝后来被追尊为华夏祖先，后人便把远古时代的许多创造发明都归功于他和他的"大臣"们。如说黄帝建造屋宇、开凿水井、缝制衣冠、制造舟车弓弩、炼石为铜、创制乐律，他的妻子嫘祖发明育蚕，他的"大臣"仓颉创文字、伶伦造律吕、大挠作甲子，等等。同样的，由于炎帝也被追尊为华夏的祖先，后人也将一些创造发明的功劳算到他的身上，并称他为神农氏。在先秦的传说中，神农氏和炎帝原本是时代不同的两个人物，神农氏生活的时代要早于炎帝。到战国时，人们将两个人合在一起，称为炎帝神农氏，说"神农氏作，斫木为耜，揉木为耒，耒耜之利，以教天下""始尝百草,始有医药""又作五弦之瑟,教人日中为市"。

尽管炎黄二帝只是传说中的人物,他们的发明创造也都是远古时代劳动人民智慧的结晶,但是他们作为华夏民族先祖的象征和中华文明奠基者的化身,还是受到后人的无限尊崇与怀念。因此,在黄河流域以及黄河流域之外的中华大地上,一直流传着许多有关炎黄二帝的传说,留下了许多同他们有关的名胜古迹。除了前面提到过的陕西黄陵县的黄帝陵和宝鸡市的炎帝祠、炎帝陵外,比较著名的还有山东曲阜的景灵宫,河南新郑的黄帝故里,济源的王屋山天坛,灵宝荆山的黄帝陵,河北涿鹿的黄帝城、黄帝泉,四川都江堰的黄帝祠、轩皇台,盐亭的嫘轩宫、嫘祖墓,安徽黄山的黄山轩辕峰,湖南岳阳的轩辕台,浙江缙云的仙都鼎湖峰,甘肃平凉的问道宫,湖北宜昌西陵山、嫘祖庙,随州的神农祠,山西高平的神农城、神农井,河南淮阳的神农五谷台,郑州炎黄二帝塑像,湖南炎陵县的炎帝陵,等等。这些源远流长的传说和名胜古迹,对于增强华夏民族的认同感,激发炎黄子孙的民族自豪感,增强中华民族的凝聚力,产生了不可估量的作用。

黄帝以后,黄河流域又先后出现了几位杰出的联合部落首领,他们就是尧、舜、禹。这时已是龙山文化的晚期,处于氏族制度行将崩溃的时代。传说中的尧又称陶唐氏,他的发祥地在今山西汾河流域,现在山西临汾市南的伊村有"帝尧茅茨土阶"碑,尧庙村有尧庙,临汾市有尧陵、神居洞。他的生活非常简朴,古书说他"茅茨不剪,采椽不斫,粝粢之食,藜藿之羹,冬日裘,夏日葛衣",也就是说,他住的是用没有修剪过的茅草芦苇、没有刨光过的椽子盖起来的简陋房子,吃的是粗粮,喝的是野菜汤,冬天披块鹿皮,夏天穿件粗麻衣。但他对百姓却很关心,部落里有人挨饿受冻,他说这是他使他们挨饿受冻的,有人犯罪受了处罚,他说这是他平时没有管教好的缘故,自己出来承担责任。舜又称有虞氏,出生在姚墟(今山西垣曲东北)。传说他在接替尧担任部落联合体首领之前接受尧的考察时,曾在历山(中条山别称)耕田,在雷泽(今山西芮城北)捕

鱼，在河边的陶城（今山西永济蒲州镇北）制陶，后来尧把他封在虞地（今山西平陆西南），担任部落联合体首领后，又都蒲坂（今蒲州镇），看来他的活动中心在现在山西的西南部，今天山西运城市安邑镇还有舜帝庙、舜帝陵。舜严于律己，而又宽厚待人。他曾几次遭到继母和同父异母兄弟的陷害，好在他贤惠的妻子巧设智计，才使他化险为夷。

他被推举为首领后，却不计前仇，宽待他的继母和弟弟，使他的一些仇人都受到感动，一心向善。禹的先祖传说住在河套一带，禹的时候迁徙到今河南西部。他以天下为己任，率领百姓治理水患，发展生产，更是受到高度的赞扬。由于尧、舜、禹治理有方，当时的社会获得很大的发展，呈现一片安宁、祥和的太平景象，"天下大和，百姓无事"，他们也因此被后人尊奉为圣贤人物。

## 刑天舞干戈

当炎帝还是统治全宇宙的天帝的时候，刑天是炎帝手下的一位大臣。他生平酷爱音乐，曾为炎帝作乐曲《扶犁》，作诗歌《丰收》，总名称为《卜谋》，以歌颂当时人民幸福快乐的生活。

后炎帝被黄帝推翻，屈居到南方做了小小一名天帝。虽然炎帝忍气吞声，不敢和黄帝抗争，但他的子孙和手下却不服气。当蚩尤举兵反抗黄帝的时候，刑天曾想去参加这场战争，只是因为炎帝的坚决阻止没有成行。蚩尤和黄帝一战失败，蚩尤被杀死，刑天再也按捺不住他那颗愤怒的心，于是偷偷地离开南方天庭，径直奔向中央天庭，去和黄帝争个高低。

刑天左手握着长方形的盾牌，右手拿着一柄闪光的大斧，一路过关斩将，砍开重重天门，直杀到黄帝的宫前。黄帝正带领众大臣在宫中观赏仙女们的轻歌曼舞，猛见刑天挥舞盾斧杀将过来，顿时大怒，拿起宝剑就和

刑天搏斗起来。两人剑刺斧劈,从宫内杀到宫外,从天庭杀到凡间,直杀到常羊山旁。

常羊山是炎帝降生的地方,往北不远,便是黄帝诞生地轩辕国。轩辕国的人个个人脸蛇身,尾巴缠绕在头顶上。两个仇人都到了自己的故土,因而战斗格外激烈。刑天想,世界本是炎帝的,现在被你窃取了,我一定要夺回来。黄帝想,现在普天下邦安民乐,我轩辕子孙昌盛,岂容他人染指。于是各人都使出浑身力量,恨不得能将对方一下杀死。

黄帝到底是久经沙场的老将,又有九天玄女传授的兵法,便比刑天多些心眼,觑个破绽,一剑向刑天的颈脖砍去,只听"咔嚓"一声,刑天的那颗像小山一样的巨大头颅,便从颈脖上滚落下来,落在常羊山脚下,刑天一摸颈脖上没有了头颅,顿时惊慌起来,忙把斧头移到握盾的左手,伸出右手在地上乱摸乱抓。他要寻找到他那颗不屈的头颅,安在颈脖上再和黄帝大战一番。他摸呀摸呀,周围的大小山谷被他摸了个遍,参天的大树、突出的岩石,在他右手的触摸下都折断、崩塌了,还是没有找到那颗头颅。他只顾向远处摸去,却没想到头颅就在离他不远的山脚下。

黄帝怕刑天真的摸到头颅后恢复原身又来和他作对,于是连忙举起手中的宝剑向常羊山用力一劈,随着阵阵巨响,常羊山被劈为两半,刑天的巨大头颅落入山中,两山又合而为一,把刑天的头颅深深埋葬起来。

听到这异样的响声,感觉到周围异样的变动,刑天停止摸索头颅。他知道狠毒的黄帝已把它的头颅埋葬了,他将永远身首异处。他呆呆地立在那里,就像是一座黑沉沉的大山。想象着黄帝那洋洋得意的样子,想着自己的心愿未能达到。他愤怒极了。他不甘心就这样败在黄帝手下。突然,他一只手拿着盾牌,一只手举起大斧,向着天空乱劈乱舞,继续和眼前看不见的敌人拼死搏斗起来。

这种景象是多么壮观啊!失去头的刑天,赤裸着上身,似是把他的两乳当作眼,把他的肚脐当作口,他的身躯就是他的头颅。那两乳的"眼"似在喷射愤怒的火焰,那圆圆的脐上,似在发出仇恨的咒骂,那身躯的头颅如山

一样坚实稳固,那两手拿着的斧和盾,挥舞得是那样的有力。

看着无头刑天还在愤怒地挥舞盾斧,黄帝心里一阵战栗,不由自主地害怕起来。他不敢再对刑天下毒手,悄悄地溜回天庭去。

那断头的刑天,至今还在常羊山的附近,挥舞着手里的武器呢。

# 黄帝战蚩尤

黄帝打败炎帝之后,许多诸侯都想拥戴他当天子。可是炎帝的子孙不甘心向黄帝臣服,几次三番挑起战争,尤以蚩尤为甚。

蚩尤是炎帝的孙子。据说,蚩尤生性残暴好战,他有八十一个兄弟,都是能说人话的野兽,一个个铜头铁额,用石头铁块当饭吃。蚩尤原来臣属于黄帝,可是炎帝战败后,蚩尤在庐山脚下发现了铜矿,他们把这些铜制成了剑、矛、戟、盾等兵器,军威大振,便起野心要为炎帝报仇了。蚩尤联合了风伯、雨师和夸父部族的人,气势汹汹地来向黄帝挑战。

黄帝生性爱民,不想战伐,一直想劝蚩尤休战。可是蚩尤不听劝告,屡犯边界。黄帝不得已,叹息道:"我若失去了天下,蚩尤掌管了天下,我的臣民就要受苦了。我若姑息蚩尤,那就是养虎为患了。现在他不行仁义,一味侵犯,我只有惩罚不义!"于是黄帝亲自带兵出征,与蚩尤对阵。

黄帝先派大将应龙出战。应龙能飞,能从口中喷水,它一上阵,就飞上天空,居高临下地向蚩尤阵中喷水。刹那间,大水汹涌,波涛直向蚩尤冲去。蚩尤忙命风伯雨师上阵。风伯和雨师,一个刮起满天狂风,一个把应龙喷的水收集起来,反过来两人又施出神威,刮风下雨,把狂风暴雨向黄帝阵中打去。应龙只会喷水,不会收水,结果,黄帝大败而归。

不久,黄帝重整军队,重振军威,再次与蚩尤对阵。黄帝一马当先,领兵冲入蚩尤阵中。蚩尤这次施展法术,喷烟吐雾,把黄帝和他的军队团

团罩住。黄帝的军队辨不清方向，看不清敌人，被围困在烟雾中，杀不出重围。就在这危急关头，黄帝灵机一动，猛然抬头看到了天上的北斗星，斗柄转动而斗头始终不动，他便根据这个原理发明了指南车，认定了一个方向，黄帝这才带领军队冲出了重围。

　　这样，黄帝和蚩尤一来二去打了七十一仗，结果是黄帝胜少败多，黄帝心中非常焦虑不安。这一天，黄帝苦苦思索打败蚩尤的方法，不知不觉昏然睡去，梦见九天玄女交给他一部兵书，说："带回去把兵符熟记在心，战必克敌！"说罢，飘然而去。黄帝醒后，发现手中果真有一本《阳符经》。打开一看，只见上面画着几个象形文字"天一在前，太乙在后"。黄帝顿然悟解，于是按照玄女兵法设九阵，置八门，阵内布置三奇六仪，制阴阳二遁，演习变化，成为一千八百阵，名叫"天一遁甲"阵。黄帝演练熟悉，重新率兵与蚩尤决战。

　　为了振奋军威，黄帝决定用军鼓来鼓舞士气。他打听到东海中有一座流波山，山上住着一头慢兽，叫"夔"，它吼叫的声音就像打雷一样。黄帝派人把夔捉来，把它的皮剥下来做鼓面，击此鼓，发出的声音震天响。黄帝又派人将雷泽中的雷兽捉来，从它身上抽出一根最大的骨头当鼓槌。传说这夔牛鼓一敲，能震响五百里，连敲几下，能连震三千八百里。黄帝又用牛皮做了八十面鼓，使得军威大振。

为了彻底打败蚩尤，黄帝特意召来女儿女魃助战。女魃是个旱神，专会收云息雨。平时住在遥远的昆仑山上。

黄帝布好阵容，再次跟蚩尤决战。两军对阵，黄帝下令擂起战鼓，那八十面牛皮鼓和夔牛皮鼓一响，声音震天动地。黄帝的兵听到鼓声勇气倍增；蚩尤的兵听见鼓声丧魂失魄。蚩尤看见自己要败，便和他的八十一个兄弟施起神威，凶悍勇猛地杀上前来。两军杀在一起，直杀得山摇地动，日抖星坠，难解难分。

黄帝见蚩尤确实不好对付，就令应龙喷水。应龙张开巨口，江河般的水流从上至下喷射而出，蚩尤没有防备，被冲了个人仰马翻。他也急令风伯雨师掀起狂风暴雨向黄帝阵中打去，只见地面上洪水暴涨，波浪滔天，情况很紧急。这时，女魃上阵了，她施起神施，刹那间从她身上放射出滚滚的热浪，她走到哪里，哪里就风停雨消，烈日当头。风伯和雨师无计可施，慌忙败走了。黄帝率军追上前去，大杀一阵，蚩尤大败而逃。

蚩尤的头跟铜铸的一样硬，以铁石为饭，还能在空中飞行，在悬崖峭壁上如走平地，黄帝怎么也捉不住他。追到冀州中部时，黄帝灵感突现，命人把夔牛皮鼓使劲连擂九下，蚩尤顿时魂丧魄散，不能行走，被黄帝捉住了。黄帝命人给蚩尤戴上枷栲，把他杀了。害怕他死后还作怪，便把他的身和首埋在了两个地方。蚩尤死之后，他身上的枷栲才被取下来抛掷在荒山，变成了一片枫树林，那每一片枫叶，都是蚩尤枷栲上的斑斑血迹。

黄帝打败蚩尤后，诸侯都尊奉他为首领，这就是轩辕（黄帝的名字）黄帝。轩辕黄帝带领百姓，开垦农田，定居中原，奠定了华夏民族的根基。

## 建立鸟国的少昊

　　黄帝自从打败炎帝,做了中央天帝之后,便叫他的侄孙少昊来做西方天帝。

　　这位少昊的诞生是很不平常的。他的母亲皇娥,原是天上的仙女,住在天宫里辛勤地织布,天天要织到深夜,有时疲倦了,就驾一只木筏,到银河上游玩,常常溯流而上,一直驶到西海边的穷桑树下。穷桑是一棵万丈高的大桑树,桑叶红得像枫叶,桑葚又大又甜,紫晶光亮,一万年结一次果实,吃了可以活得比天地更长久。皇娥最喜欢到这棵穷桑树下游玩。

　　那时有一个少年,容貌超凡脱俗,自称是白帝的儿子。实际上就是那颗在早晨东方天上闪闪发光的启明星,又叫金星。他经常到水边来,弹琴唱歌,与皇娥说笑玩耍。慢慢地,他们彼此心心相印,产生了爱情,玩得忘了回家。这少年跳到皇娥驾驶来的木筏上,划着木筏,两人一同浮游在月光的海上。

　　他们拿桂枝做船桅,拿芳香的薰草拴在桂枝上做旌旗,又刻了一只玉鸠放在船桅顶端辨别风的方向,因为这种鸟能知道一年四季的风向。后世船桅或屋顶上设置的"相风鸟",据说就是玉鸠的遗制。

　　后来皇娥生下一个儿子,叫少昊,又叫穷桑氏。这个神的儿子,长大成人后,便到东方海外建立了一个国家,叫少昊之国,地址大约就在归墟。

　　他所建立的国家和别的国家都不相同,他的臣僚百官,尽是各种各样的鸟儿,可以说是鸟的王国。

　　在这些官员们当中,有燕子、伯劳、朱雀、锦鸡,分别掌管一年四季的天时,凤凰做总管。有五种鸟掌管国家的政事:鹁鸪每逢天阴要下雨的时候,便把它的妻子赶出巢外,等下过雨,天晴的时候,又把它呼唤回来,大家认为它既然能够管教妻子,一定也能够对父母尽孝道,便委派它掌管教育;鹫鸟相貌威武,性情猛悍,便叫它掌管兵权;布谷鸟在桑树上

43

养了七个儿子，每天喂它们食物，早晨从上面喂到下面，晚上又从下面喂到上面，心地平均，便叫它掌管建筑营造，给众人盖房子，开沟渠，帮助分配，以免大家闹意见；鹰鸟也是威严猛勇，铁面无私，便叫它掌管法律和刑罚；斑鸠的形状很像山雀，从早到晚叽叽喳喳，性情活泼，便叫它管修缮等杂活。还有五种野鸡分别管理木工、金工、陶工、皮工、染工五种工程。还有九种扈鸟管理农业上的耕种和收获。

这鸟的王国，朝堂上开会商量国事的时候那才有趣呢：只看见五彩缤纷的羽毛乱飞，各种声音齐鸣。百鸟之王少昊，坐在朝堂的中央。他的名字叫"鸷"，本身就是一只鸷鸟，所以才统领了他的族类，在东方建立了这么一个鸟的王国。当他在做鸟的国王时，他的侄儿，也就是黄帝的曾孙颛顼，曾经到这里来看望他，并且帮助他治理国政。

这个少年虽然大有才干，年纪毕竟还小，需要娱乐和游戏。做叔叔的少昊，便特地为侄儿制作了琴和瑟，供他玩耍。后来侄儿长大成人，回到自己国家去了。琴瑟没有用处，少昊便把它们抛到东海外的大壑里。说也奇怪，每当夜静月明，碧海无波的时候，从那山壑的深处，就会传来一阵阵悠扬悦耳的琴瑟声音。直到许多年以后，乘船过海的人，偶尔还能听见海波中的这种神秘的音乐呢！

少昊在东方建立了鸟的王国，不知经过了多少年，他又回到西方的故乡去了。在回去的时候，他留下一个鸟身人脸的儿子，名叫"重"，就是东方天帝伏羲的属神木神句芒。他本人则带着另外一个名叫"该"的儿子，就是作为他的属神的金神蓐收。蓐收长着人的脸、老虎的爪子，遍身白毛，手里拿着一把大板斧。从此父子俩共同管理西方。他们的职务似乎比较清闲：少昊住在长留山，主要的工作是察看向西天落下去的太阳，看它反射到东边的光辉是不是正常。蓐收住在长留山附近的博山，所做的工作也和他父亲差不多。太阳西沉，气象辽阔浑圆，霞光映红半边天，所以少昊也叫圆神，蓐收又叫红光。单从他们的名字上，就可以想象到这一幅庄严而美丽的落日图景了。

# 尧的传说

尧最为后人称道的是他在选择继位人时,不传子而传贤,禅位于舜,不以天子之位为私有。尧在位七十年,其时他认为自己的儿子丹朱凶顽不可用,因此与四岳商议,请他们推荐人选。四岳推荐了舜,说这个人很有德行,家庭关系处理得十分妥善,并且能感化家人,使他们改恶从善。尧决定先考察一番,再行决定。

尧把自己的两个女儿娥皇、女英嫁给舜,从两个女儿那里考察他的德行,看他是否能理好家政。舜和娥皇、女英住在沩水河边,依礼而行事,二女都对舜十分倾心,恪守妇道。尧又派舜负责推行德教,舜便教导臣民以"五典"——父义、母慈、兄友、弟恭、子孝这五种美德,指导自己的行为,臣民都乐意听从他的教诲,普遍依照"五典"行事。尧又让舜总管百官,处理政务,百官都服从舜的指挥,百事振兴,无一荒废,并且显得特别井井有条,毫不紊乱。尧还让舜在明堂的四门,负责接待四方前来朝见的诸侯。舜和诸侯们相处很好,也使诸侯们都和睦友好。远方来的诸侯宾客,都很敬重他。最后,尧让舜独自去山麓的森林中,经受大自然的考验。舜在暴风雷雨中,能不迷失方向,依然行路,显示出很强的生活能力。

经过三年各种各样的考察,尧觉得舜这个人无论说话办事,都很成熟可靠,而且能够建树业绩,于是决定将帝位禅让于舜。他于正月上日(初一),在太庙举行禅位典礼,正式让舜接替自己,登上天子之位。

在尧的时代,又是传说中的洪水时期。"汤汤洪水方割,荡荡怀山襄陵,浩浩滔天",水势浩大,奔腾呼啸,淹没山丘,冲向高冈,危害天下,民不安居。尧对此非常关注,征询四岳(四方诸侯之长)的意见,问谁可以治理水患,四岳推荐了鲧。尧觉得鲧这个人靠不住,经常违抗命令,还危害本族的利益,不适宜承担这项重要的工作。但是四岳坚持要让鲧试一试，于是尧任命鲧去治理水患。鲧治水九年，毫无功绩。

《尧典》上说，尧命令羲氏、和氏根据日月星辰的运行情况制定历法，然后颁布天下，使农业生产有所依循，"敬叫授民时"，他派羲仲住在东方海滨叫旸谷的地方，观察日出的情况，以昼夜平分的那天作为春分，并参考鸟星的位置来校正；派羲叔住在叫明都的地方，观察太阳由北向南移动的情况，以白昼时间最长的那天为夏至，并参考火星的位置来校正；派和仲住在西方叫昧谷的地方，观察日落的情况，以昼夜平分的那天作为秋分，并参考虚星的位置来校正；派和叔住在北方叫幽都的地方，观察太阳由南向北移动的情况，以白昼最短的那天作为冬至，并参考昴星的位置来校正。二分、二至确定以后，尧决定以三百六十六日为一年，每三年置一闰月，用闰月调整历法和四季的关系，使每年的农时正确，不出差误。由此可知，古人将帝尧的时代视为农耕文化出现飞跃进步的时代。

尧作为上古五帝，传说为真龙所化，下界指引民生。他带领民众同甘共苦，发展农业，妥善处理各类政务，受到百姓的拥戴，并得到不少部族首领的赞许。尧由龙所化，对灵气特为敏感。受滴水潭灵气所吸引，将大家带至此地安居，并借此地灵气发展农业，使得百姓安居乐业。为感谢上苍，并祈福未来，尧会精选出最好的粮食，并用滴水潭水浸泡，用特殊手法去除所有杂质，淬取出精华合酿祈福之水，此水清澈纯净、清香幽深，以敬上苍，并分发于百姓，共庆安康。百姓为感恩于尧，将祈福之水取名曰"华尧"。

此后，有一位鹿仙女生得肌肤若冰雪，体态娇艳，俨然绰约处子。她心地善良，好济困扶危，为民除害。仙洞沟附近黑龙潭中，潜伏着一条黑龙，经常兴风作浪，惊扰行人，还溯河而上到鹿沟一带伤害鹿群。鹿仙女顾念百姓的安全和鹿群的生存，决心制服黑龙。一天她来到黑龙潭边，向黑龙挑战，黑龙从潭中奋身腾跃而起，张牙舞爪，直奔仙女。鹿仙女伸手向黑龙一指，黑龙一下子瘫软地陷在河滩上，向鹿仙女求饶，表示愿终身为仙女效劳。鹿仙女饶它不死，将它关押在黑龙洞里，变为自己驾乘的坐骑。从此，黑龙对仙洞沟一带生灵的危害始得解除。

帝尧受命于危难之时，先是"十日并出"，禾稼焦枯，继而洪水泛滥，淹没田园，各地部落方国，割据称雄，独霸一方。帝尧依靠后羿等部落方国领袖的支持，削平群雄，重新统一中原，率领群众与水旱灾害做斗争，万民称颂。一天，他到仙洞牧马坡巡视，同牧民谈论畜牧之道。牧民们顺便也讲述了鹿仙女为民除害的故事。正说之间，忽见一位仙女凌空飘然向仙洞而去，众牧民惊喜地指给帝尧说，那就是被称姑射神女的鹿仙女。帝尧回尧都以后，鹿仙女的形象一直浮现于他的脑海里，萦绕在他的心头。夜里梦见鹿仙女飘飘然从天而降，凝目含笑，向他走来，与他并肩携手，互诉衷情，驾云凌空同游。帝尧微服到姑射山访察，走到仙洞，远远看见林边草坪上有一个青年女子翩翩起舞，婀娜多姿，忽儿腾空，忽儿遁地，穿石如入虚，履空如平地，身边有一只小鹿陪伴着她。帝尧心想，她一定是鹿仙女了，于是健步上前，向她打躬施礼。她未答话，抽身躲到一棵松树后边，面含娇羞地装作用木梳梳头。待尧将走近时，她将木梳往这株树上一扎，又转到另一株树后边嬉笑着。帝尧也嬉笑着追赶，不觉来到一个僻静处，猛然从山谷窜出一条巨蟒，口吐红信，目光瞵瞵，昂首向尧扑来，帝尧后退不及，被地上的草丛绊倒。在这危急时刻，鹿仙女见状，折身一个箭步跳到帝尧身前护挡住他，倾手一指，只见那巨蟒浑身颤抖，瘫痪在地，按照指令，回身向山谷退去。这蟒是由黑虎仙幻化而成，意欲加害帝尧。帝尧惊恐之余，一再拱手感激鹿仙女救命之恩。二人相随回仙洞途中，互相倾诉衷情，情投意合。

当晚帝尧留住仙洞。第二天鹿仙女领着帝尧游山观景，鹿仙女指着闪闪发光的大镜石说："我常常对着它照面整容。"走到涧沟下的石台边，鹿仙女说她"常坐在这台上梳理头髻，大家传为我的梳妆台"。她向对面岸上的层层石阶一指，说她经常从那里拾阶而上，人称仙梯。她说她经常骑黑龙去后沟的龙须瀑沐浴戏水，"我喜欢这神奇的大自然，喜欢自由自在地生活，但从见到你以后，我打内心里敬佩你匡扶天下的大志，甘愿扶助

47

你光大帝业"。帝尧听后,十分欣慰,表示愿化作比翼鸟和鸣齐飞。二人遂订立婚约,择定吉期成婚。帝尧与鹿仙女双方结鸾俦于仙洞之中,以洞为新房,对面的蜡烛山上光华耀眼,照得南仙洞如同白昼一般。后来人们便称这新婚之夜为"洞房花烛夜"。帝尧婚后,忙于治理国事,鹿仙女也经常关照牧马场的事。第二年鹿仙女生了一个男孩,尧很高兴,为他起名为"朱"。鹿仙女抚育儿子,渐渐成长。听说一条巨蟒在牧马滩吞食牧民,她想一定又是那黑虎仙在兴妖作怪,于是决心降服那只恶蟒。她从牧马滩追赶那蟒,跟踪来到梳妆台下,那蟒正要回身,鹿仙女纵身一跃,用剑直刺入那蟒的喉咙,巨蟒被刺身亡。黑虎脱身而去,后来那里留下了巨蟒窟。黑虎仙愈加嫉恨鹿仙女,想方设法要加害鹿仙女。鹿仙女只得向天帝告发,天帝派天兵天将捉拿黑虎仙,将黑虎仙压在乎阳东南的山丘之下,是为卧虎山。天帝同时又罚鹿仙女与帝尧割断尘缘,鹿仙女无奈,将幼年的朱儿送还帝尧,从此,隐居深山。帝尧派人四处查找,不见踪影,亲上姑射山去找,没日没夜地呼唤,也不见回音。帝尧另娶散宜氏女为妻,生了七男二女。朱儿后封于丹地(浮山),故称丹朱邑。后来人们感念鹿仙女功德,在南仙洞黑龙洞左旁的一个小洞窟中为鹿仙女塑像纪念,千百年来香火不绝。

# 舜的传说故事

舜本是我国上古神话中的一位天神,古史学家认为他与帝喾、帝俊原是一体的。帝俊的妻子羲和生下十个太阳,而另一个妻子常羲生下了十二个月亮。远古时代,居住在黄河中下游一带的东夷人的一支殷商部族,就把舜作为天帝来祭祀,而他们的始祖神契传说是帝喾(即舜)的儿子。东夷以鸟为图腾,神话中的舜又传说是一只形状像鸡,鸣声似凤,目中有两

个瞳仁的吉祥鸟,名叫"重明鸟",它能搏逐猛兽虎狼,使妖灾群恶不能为害。

西周以后,舜的神话逐渐地被历史化、世俗化了,特别是儒家兴起之后,他们按照自己的政治理想,把舜改造成一位贤明的上古帝王,列于黄帝、颛顼、帝喾、尧之后,并称"五帝",又把他列为二十四孝之首。而在民间的长期流传过程中,有关舜的身世、性情、品德、才智、政绩的传说不断丰富起来,逐步汇集成一个大体完整的、富有人情味的生动故事。司马迁《史记·五帝本纪》中关于舜的传记就是据此而写成的。据《史记》记载:舜名重华,父亲瞽叟是个盲人,生母早死,继母生一子一女,子名象。瞽叟顽固,继母凶悍,弟弟象又傲狠,他们屡次要害死舜,舜都躲过了,而舜对他们却仍旧孝敬仁爱。舜的名声传到帝尧的耳中,尧老了,正要找一个合适的接班人,就把两个女儿娥皇、女英嫁给舜做妻子,并让自己的九个儿子和他交游,以便更好地考察他的德行。

舜在历山种田,相传有象为之耕,有鸟为之耘,历山的种田人也都不再争地界;舜在雷泽捕鱼,雷泽上的渔民都互相礼让居室;舜在黄河岸边制陶器,黄河岸边制造的陶器不再粗陋残破。舜所住的地方,一年聚成村落,二年成了乡镇,三年就变成都会了。尧赐给舜衣服、琴瑟、牛羊,为他修了仓廪。瞽叟他们眼红,又要害舜。他们叫舜爬到仓顶上涂泥,瞽叟却点火烧仓,舜用两个大斗笠,像鸟儿张开翅膀一样飞了下来。瞽叟又叫舜打井,舜暗中在井壁上挖了个孔道,舜下到井底,瞽叟和象用土把井填实,舜却从暗道里逃出。瞽叟他们以为舜死了,就分舜的财产,牛羊粮仓归瞽叟夫妇,弟弟象要霸占舜的居宅、乐器和两个妻子。象正坐在舜的居室中十分得意地鼓琴,舜却回来了。象又惊慌又丧气,只得假惺惺地说:"正在悲哀地悼念你呢!"舜十分有涵养,答道:"是啊,你是个好弟弟啊!"(西汉刘向《列女传》记载的这个故事更富神话色彩,说是娥皇、女英给舜穿上鸟衣、龙裳,舜才脱了险。)后来尧让舜帮着管理国家,舜任用了高阳氏八位有德有才的人,流放了贪暴顽劣的"四凶",国家得到

很好的治理。尧又派舜到无边无际的荒野里，虽然遇到急风暴雨，舜也没有迷失方向。于是，尧就把天下交给了舜。舜做了三十九年帝王，政治清明，人民富庶，教化有成，四夷宾服。晚年，舜到南方巡视，崩于苍梧，葬于九嶷山中。关于

舜耕历山的记载，最早见于《墨子·尚贤下》："昔者，舜耕于历山，陶于河濒，渔于雷泽，灰于常阳，尧得之服泽之阳，立为天子。"据此可知，这个传说在春秋时期就已广泛流传了，其起源是很早的。至于历山在何处，历来有不同的说法。东汉经学家郑玄以为是山西永济市的雷首山。雷首山一名中条山，亦称历山。此外，河北怀来县、山东菏泽市、浙江余姚市等地皆有历山。不过，比较而言，把济南的历山，写为舜耕之地似乎更合适一些。首先，东夷人的商族奉舜为天神。商族活动的地域大体在今山东南部、河南西部一带，其北境达于济水（即今日的黄河，见《史记·殷本纪》），舜的传说发源地应在这一带。其次，济南古称历下，因历山而得名，见于《春秋》，来源最早。另外，舜耕于济南的历山，历代盛传，多见于史籍记载。

# 大禹治水

传说在尧帝时期，黄河流域经常发生洪水。为了制止洪水泛滥，保护农业生产，尧帝曾召集部落首领召开会议，征求治水能手来平息水害。首领们都推荐鲧。尧对鲧不大信任。首领们说："现在没有比鲧更强的人才

啦，让他去试一下吧！"尧才勉强同意了。鲧花了九年的时间也没能把洪水制服。因为他只懂得水来土掩，造堤筑坝，结果洪水冲塌了堤坝，水灾反而闹得更凶了。舜接替尧当部落联盟首领以后，亲自到治水的地方去考察。他发现鲧治水不力，就把鲧放逐到羽山，又让鲧的儿子禹去治水。

禹总结父亲的治水经验，改鲧"围堵障"为"疏顺导滞"的方法，就是利用水自高向低流的自然趋势，顺地形把壅塞的川流疏通。禹来到嵩山后，决定在太室山与少室山之间的轩辕山打开一条疏洪泄流的通道。那时大禹的妻子涂山氏为了支持丈夫治水，也来到嵩山，每天给大禹缝衣做饭。一天，大禹在上工前对涂山氏说："你听见我的击鼓声，就来送饭。"说完，就去治水了。涂山氏准备好饭食，单等着鼓声传来。大禹为了尽快凿开山间通道，就变成了一只大熊，在山间来来往往，开山凿石，忙碌不停，连饭都忘记吃了。谁知一不小心，竟把一块石头踢落崖下，恰好击在鼓上，涂山氏听到鼓声，急忙把准备好的饭食送到轩辕山下。可是她东张西望却不见丈夫的踪影，只见一只大熊在山间跳跃治水。她心中一惊，羞愧之下便向山下跑去。跑了一阵，涂山氏跑不动了，化成了一块巨石。大禹见此情景，大呼："还我孩子！"只听一声巨响，石破北方，一个男孩出世了。这个男孩就是夏朝第二代君主夏启。

生启的巨石高约十米，围长四十三米，人称"启母石"。大禹治水"三过家门而不入"就是指的这个地方。大禹把洪水引入疏通的河道、洼地或湖泊，然后合通四海，从而平息了水患，使百姓得以从高地迁回平川居住和从事农业生产。

由于大禹和妻子涂山氏治水有功，大禹被封为夏伯，后建都阳城。汉代为表彰启的母亲涂山氏支持丈夫治水的功绩，便在中岳嵩山七十二峰中的万岁峰下建了一座"启母庙"，并立下"启母阙"。后来禹因治水有功而成为夏朝的第一代君王，并被人们称为"神禹"而传颂后世。

有一次，大禹治理洪水，住在巫山脚下，正领导着人们在那里紧张地施工：有的凿石头，有的砍大树，忙个不停。在忙碌间，猛然刮起了大

风。这风真是暴烈无比,吹得天昏地暗,山崖震动,木石横飞,江浪像山峰一样地矗立起来。大禹虽然也有些神通本领,但是对于这样突然发作起来的大风,还是想不出制止它的办法。

在这最困难的时刻,大禹幸而遇见了瑶姬。瑶姬是炎帝的女儿,又说是西王母的女儿。她从小在一个仙人那里学道,学就了一身玄妙的道法,能够随心所欲,变化出各种不同的东西,因此她在天上居于显要的仙职。

有一年秋天,她带着侍女和侍臣从东海回来,驾着彩云轻飘飘地到了长江的上游,打算从巫山经过,忽然被巫山的景色迷住了:它的峰峦是多么秀丽、挺拔呀!它的林壑又是多么优美呀!兼之在山林间又发现一块巨大而平整的崖石,就好像人工修造的土坛。这真是可以修身养性、长久居住的地方。她不禁从云端降落下来,站在山崖上,仔细观赏巫山的风景,流连徘徊,舍不得马上离开。

就在这时,大禹无意中遇见了倦游归来、路过巫山的瑶姬,大禹知道她是天上的神女,便赶紧向她致敬,求她帮助止住大风。瑶姬哀怜受洪水祸害的人们,敬佩大禹治理洪水的精神,便毫不犹豫地答应了。她叫侍女传授给大禹祈神祛鬼的法术。大禹使用了这些法术,马上便止住了狂暴的妖风。瑶姬又派遣侍臣狂章、虞余、黄魔、大野、庚辰、童律去帮助大禹凿通巫山。这些天上的神人,神通广大,他们或用闪电轰,或拿巨雷劈,不久就将巫山凿开一条孔道。大禹等神人们率领着人们做完清除道路的工作,就让洪水从巴蜀境内流出来,然后流到大江里去。巴蜀地方受洪水灾害的人民,因而得到了拯救。治水工程到这里,算是暂时告一段落。

后来,大禹得到天书的指导,又得到神人的帮助,再加上人们的支援,前后经过了十三年,足迹走遍全中国,他终于取得了治洪成功。

神女瑶姬,因为留恋巫山的美景,并且因帮助大禹治水,和当地人民也结下了深厚的感情,从此就在巫山住了下来,不再离开。

她天天站在高崖上凝目眺望,注视着往来于瞿塘峡、巫峡、西陵峡全

长七百里峡谷中的行船,见它们在险滩上挣扎,不时被凶涛恶浪吞没。她关心船只和旅客的命运,特地派遣了几百只神鸟,叫它们飞翔在峡谷的上空,担任着迎船送船的工作,让这些行船跟随着神鸟的引导,平安地渡过三峡。

她因为长久地站在高崖眺望,不知不觉间也化身为许多峰峦中的一座,就是现在的神女峰;陪伴她的侍女们,一个个也都化作了大大小小的峰峦,就是现在的巫山十二峰。这些峰峦真是秀美峭拔呀,至今行船过三峡的人,望见它们,还可以想象当年女仙们超尘绝俗的身影;特别是望见神女峰,谁都会油然感念瑶姬帮助大禹治水、凿通巫峡的业绩。

经历了无数艰难和困苦,大禹终于把洪水治理平息了,使人们安居乐业,过上了幸福的日子。人们都感激他的功德,万国诸侯也都敬畏他,正好舜帝年老了,大家就拥戴大禹继承舜帝做了天子。

大禹是远古传说中的帝王之一,他最大的功绩就是治服了滔天洪水,使人们能够重新回到原来的大地上繁衍生息。我们不仅要学习大禹知难而进的勇气,更应该学习他对工作的责任心,大公无私,自我牺牲而不后悔,不达目的誓不罢休的伟大精神。

# 愚公移山

上古时候,北山有一个叫"愚公"的老人,已经九十岁了。他的家面对着太行、王屋两座大山,进出很不方便。

于是他就召集全家男女老少来商议:"这两座大山真是可恶,挡住了我们进出的道路,我们把它们搬到别处去好不好?"愚公的子孙们都说:"好,好,好!"愚公的妻子听说一家人要去搬山,有些怀疑地说:"凭你一个人的力量连一座小山丘都搬不动,何况是对面的大山啊!"愚公说:

"别看我这么大年纪了,只要全家人有决心,就没有办不成的事。"

大家欣然赞成。于是挖土的挖土,挖泥的挖泥,挖下来的泥块和石头结队往渤海搬运。他们从冬天干到夏天,从夏天干到冬天,长年累月干着,从不休息。

黄河对岸有个叫智叟的老翁,看见他们这么辛苦,笑着去劝阻愚公说:"老头子,歇口气,像你这样风烛残年的人,每天只搬一点点土,能把这两座大山怎么样呢?"

愚公气愤地回答道:"虽然我是一个人。但是山不会增高,我家子孙一代接连一代地干下去,总有成功的一天!"

智叟给他说得哑口无言,竟找不出话来反驳他。

正当愚公这么说时,不料恰巧被天神听到了。天帝听了天神的报告,也很吃惊;同时,愚公志向的坚决,也使他深受感动。于是便派了两个大力天神,把愚公门前的两座大山搬到别的地方去了。

两座大山本来是连在一起的,从此便天南地北地分在两处了。

愚公虽然已经年事已高,但是他却有移动门前两座大山的决心,他这样做,是为了子孙后代的方便。同时,愚公在面对别人的质疑和困难时,是有信心的,他相信自己和子孙后代一定能把这两座大山移走。我们要学习愚公移山的勇气和敢于面对难题的精神,这样才能战胜一切困难!

# 牛郎和织女

相传很久以前,一个穷人家有个聪慧又忠厚的孩子。他听老人们说伏牛山中卧着一头老黄牛,就打算到山里去把那头牛牵回来耕田。

原来这头老黄牛是天上的神牛,由于违犯了天条,被玉皇大帝踢到人间,摔断了腿,无法动弹。这个孩子精心地照顾着老黄牛。老黄牛在小孩子的精心照料之下,终于可以站起来了。老黄牛感激这孩子的救命之恩,就跟着他一起回家去了。

小孩与老黄牛相依为命,白天去放牧,夜里就和老黄牛睡在一起,于是,人们都称呼他为"牛郎"。

时光飞逝,牛郎转眼长大成人了。他的嫂子提出要与牛郎分家,牛郎没有要房子和地,他只要了老黄牛,一架坏牛车,外加一只破皮箱。他套上牛,放上皮箱,来到村外搭了一个茅草棚,牛郎和老黄牛就在这里住了下来。

老黄牛见牛郎生活孤单。一天,它对牛郎说:"明天织女要到银河沐浴,你悄悄地拿走她的衣裙,她就会嫁给你。"第二天,牛郎按照老黄牛的指示,偷偷地拿走了织女的衣裙,从此牛郎和织女就成了一对美满的夫妻。

幸福的时光过得真快啊。不知不觉三年过去了。织女为牛郎生了一儿一女。牛郎种田,织女织布,他们的小日子过得非常幸福甜美。

这样平平安安地又过了几年。有一天,牛郎正赶着老黄牛耕田,突然,晴空里滚来了一阵轰隆的雷声。老黄牛停住了脚步,它望着牛郎,眼中涌出了泪水,对牛郎说:"我把织女接到人世间,犯了天条。现在天鼓响了,我的生命将要结束了。我死之后,织女的母亲王母娘娘将会拆散你们夫妻。你记着,把我的皮剥了,肉吃了可以脱凡成仙,皮做双靴子,穿上后能腾云登天。"老黄牛说完,便倒地死去了。牛郎伤心地大哭了一场,便按照老黄牛的嘱咐去做了。

七月七日那天，牛郎正在田里锄地。牛郎的两个孩子哭着从家里跑来了，他们抱住牛郎的腿说："家里来了个老婆婆，什么话也没有说，就把妈妈从织布机上拉走了。"

牛郎知道肯定是王母娘娘来了，赶忙扔下锄头，拉着一儿一女，腾空就追。眼看就要追上了，王母娘娘拔下头上的金簪在脚边一划，一条滔滔的大河便出现了。大河阻挡了牛郎前行的道路，牛郎只能拉着孩子，站在河边放声大哭。哭声惊动了玉帝，他看到一双孩子很可怜，便动了恻隐之心，于是叫他们一家四口，每年的七月初七，在喜鹊搭的桥上相会一次。

后来，晴朗的夜晚，抬头向天空望去，发现繁星闪烁的夜空中多了一条又宽又长的银带，人们就称它为天河。天河的一边多了一颗星星，另一边多了三颗星星，人们就叫它们织女星、牛郎星。

牛郎织女的故事，是我国民间四大爱情故事之一。牛郎和织女坚贞的爱情终于感动了玉帝，于是便有了农历七月七的鹊桥相会。在牛郎织女人神相恋的故事中，既表现出对旧势力的批判，也表现出人们对他们忠贞爱情的同情和赞颂。

## 哪吒闹海

陈塘关总兵李靖的夫人生下一个红光耀目的肉球。李靖夫妇很是吃惊。李靖用利剑将肉球劈开，从里面立即跳出一个又白又胖的小男孩。夫妇俩十分喜欢，给他取名哪吒。

哪吒七岁时，一天到九弯河边玩耍，看见一个年迈的老婆婆正在哭泣，原来她儿子和乡亲们去海上打鱼，被龙王抓去了。哪吒听了十分气愤，要找龙王算账。

哪吒来到东海口，取出宝物混天绫搅动海水，惊动了龙宫。做惯坏事

的夜叉见是一个小孩子在捣乱，就用叉向哪吒刺去，结果被哪吒用宝物乾坤圈打得脑浆迸裂。

龙王大怒，派三太子敖丙带了虾兵蟹将杀出水面。哪吒舞动混天绫，砸下乾坤圈，便把敖丙打得现了原形，并抽去了它的龙筋。龙王死了儿子，便来到陈塘关大骂李靖。

龙王离开陈塘关时，怒气仍然未消，便要去天宫告状，正好被哪吒赶上，并随手扯下了龙王的龙袍，吓得龙王直喊"饶命"。哪吒逼龙王放了捕鱼的乡亲，并答应再不去天宫告状了，才把他放回龙宫。

龙王惧怕哪吒，再也不敢欺压百姓、为非作歹了。从此，渔民们又能平平安安地出海打鱼了。不久，武王讨伐纣王，哪吒做了先行官，为消灭昏庸无道的纣王，立下了许多战功。

哪吒闹海是小英雄哪吒匡扶正义、惩治东海龙王的故事。哪吒和孙悟空，都是小朋友们最喜欢的神话人物，他们都有爱憎分明的性格特点，对邪恶势力从不畏惧。哪吒闹海，赞扬了哪吒除暴安良、不畏惧邪恶的英雄气概。

## 孟姜女的传说

秦朝的时候，在八达岭有两户人家，他们相邻而居，墙东是孟家，墙西是姜家，两户人家处得跟一家人一样。

这年墙东孟家种了棵瓜秧，瓜蔓顺着墙头爬到了墙西姜家，在那边儿结了一个瓜。不多长时间，这瓜就长成了挺大的个儿。到了秋后摘瓜时，一瓜跨两院，怎么办呢？那就两家各分一半吧，于是他们就拿刀把这瓜切开了。

瓜一切开，奇迹出现了，金光闪亮，里边没有瓜瓤，也没有瓜子儿，

竟然坐着一个白白胖胖的小姑娘，长得眉清目秀，一双大眼睛炯炯有神，非常讨人喜欢。两家人一合计，就给她取名叫孟姜女。

十几年后，秦始皇下令修筑长城，到处抓丁拉夫。去修长城的人大多是有去无回，十分悲惨。

范喜良是个念书的公子，为了躲避官兵的抓捕，一着急就藏进了一个花园。这正是孟家的花园。就在这时候，正赶上孟姜女与几个丫鬟逛花园，范喜良被孟姜女发现了。

孟姜女一看是个年轻的白面书生，长得慈眉善目，仪表堂堂，不像是个坏人，就跟丫鬟回去找员外去了。到员外跟前，把情况和他一说，宽厚善良的老员外说："把他请进来吧。"员外一看这个年轻人忠厚老实，就收留了他。

范喜良在孟家住了好些天了，由于他忠厚老实，得到了孟、姜两家的喜欢，后来就将孟姜女嫁给了他。

新婚之夜，衙役把范喜良给抓走了。

孟姜女伤心地大哭了一场。过了几天，孟姜女跟爹妈说："我要去找范喜良。"

她爹妈答应了她的要求，就拿出银子让她去了。

孟姜女一个人奔着修长城的工地来。她到工地寻了好几天也没寻到范喜良。后来碰上一帮民工，孟姜女问他们说："你们这儿有个叫范喜良的人吗？"大伙说："有这么个人，新来的。"孟姜女说："他在哪儿呢？"一个人说："这几天没看见他，说不定死了。"孟姜女一听，大吃了一惊，赶忙问："死了？那尸首在什么地方？"那人说："咳，谁管尸首啊？早都填了城脚了！"

孟姜女一阵心酸，就大哭起来。她一直哭一直哭，只听"哗啦"一声，一段长城倒了，露出了范喜良的尸首。孟姜女抱着尸首，哭得天昏地暗，死去活来。正哭着，来了一帮衙役，他们不容分说，上去就把她绑起来，送押给县官。县官一看孟姜女长得好看，就把她送给了秦始皇。

秦始皇见孟姜女是个绝色美人，非常高兴，便赏赐县官金银财宝，还给他升了官。可是孟姜女死也不屈从秦始皇。没办法，秦始皇便找人去劝说，但是无论她们怎么劝，孟姜女还是不从。

日子一长，孟姜女心想，长此以往也不是办法，于是想出一个主意，对看护人说"从了"。看护人一听从了，就上报给秦始皇。秦始皇心里很高兴，就来见孟姜女。孟姜女对他说："从可以，不过你要答应我三件事。"

秦始皇不假思索就答应了。

孟姜女说："头一件，高搭彩棚，请高僧高道，为我的丈夫念七七四十九天经，超度他的亡魂。"

秦始皇为了能够得到孟姜女，寻思了一下说："行。"

孟姜女接着说："第二件，你要披麻戴孝，在我丈夫的灵前跪下，叫三声爹。"

秦始皇这回可犹豫了：我贵为人主，怎么能做出此等有损君威的事呢？于是说："这件不行，再说第三件。"

孟姜女说："这一件你都不答应，那还谈什么第三件！"

秦始皇没了主意。再劝吧，怕是不行，想了半天，还是没办法。他看看孟姜女，越看越美，被迷得魂不守舍，便牙一咬心一横，说："行，我答应第二件，你说第三件吧。"

孟姜女说："第三件，你要陪我游海三天，三天以后，才能成亲。"

秦始皇想，这一件很容易："好，这三件事我都依你。"

秦始皇就吩咐请高僧高道，大搭彩棚，准备孝服。都准备齐后，秦始皇真的披麻戴孝，给人当了一回孝子。

前两件事都完成了，接下来该游海了。孟姜女跟秦始皇说："我们一起去游海吧，游完好成亲。"秦始皇可真乐坏了，叫人抬上两顶花彩轿，跟孟姜女来到了海边。孟姜女下轿走了几步，推开秦始皇，"扑通"一声跳到了海里。

秦始皇一看，急忙大喊："来人！来人啊！"可等不到人来救，孟姜女已经沉入水底了。

孟姜女的故事是我国四大民间故事之一。孟姜女是孟家和姜家种的一颗瓜中生出的女孩，她和范喜良喜结连理。但在秦始皇统治的年代，丈夫被拉去修长城，累死在长城脚下。孟姜女千里寻夫，哭倒长城。荒淫无耻的秦始皇贪恋孟姜女的美貌，却被孟姜女耍弄。孟姜女的故事，反映了劳动人民对秦暴政的反抗和对坚贞爱情的讴歌。

## 沉香劈山救母

古时候有个书生名叫刘彦昌，他进京赶考时，路过华山，来到山上的圣母祠。圣母祠里住着一位美貌的仙女，她就是玉皇大帝的外甥女"三圣母"。这天，三圣母正在祠中吟歌起舞，忽见外面有人走来，便急忙登上莲花宝座，化作一尊塑像，谁知匆忙之间，却把飘带挂在了香案上。刘彦昌走进祠里，见三圣母的塑像如此美丽动人，竟无法抑制住自己的感情，提笔在三圣母的飘带上写下了表达爱慕之情的诗句。

三圣母本就向往人间自由幸福的生活。当她遇到相貌英俊、心地纯真的书生刘彦昌时，终于不顾天上的禁令，勇敢地降下凡尘，和他结为夫妻。夫妻俩相亲相爱，日子过得十分美满。一年之后，他们生下了一个儿子，取名"沉香"。

可是，这件事被三圣母的哥哥二郎神知道了，他责怪妹妹私自下凡嫁

人，触犯天条，竟不顾兄妹之情，残酷地将三圣母压在华山脚下，活活拆散了一个幸福美满的家庭。

小沉香哭喊着要妈妈，这哭声惊动了霹雳大仙，好心的大仙便把沉香带到山中。

沉香渐渐长大了，在霹雳大仙的关怀和指点下，每日操练武艺，终于练就了一身好本领。大仙还传给沉香法术，点化他脱了凡身。

转眼十五年过去了。一天，霹雳大仙叫来沉香，把他母亲的遭遇讲给他听。沉香这才知道了自己的身世，不禁悲痛万分。他决心前往华山，搭救可怜的母亲。霹雳大仙见他执意要去，就送给他一把开山的神斧。

沉香握着神斧，腾云驾雾，直奔华山。

沉香在二郎祠里找到了舅舅二郎神，请求他把母亲放出来。谁知二郎神铁石心肠，不但不肯放出三圣母，还要杀死外甥沉香。沉香忍无可忍，便抡起巨斧，和舅舅打了起来。

本领高强的沉香，终于打败了二郎神。他急忙来到华山脚下，声声呼唤着自己的母亲。三圣母听到沉香的声音，知道是儿子前来搭救自己，不由得号啕痛哭起来。沉香听到母亲悲惨的哭声，奋力抡起神斧，向华山猛劈过去。霎时间，只听得一声巨响，华山顿时裂开了，三圣母才重见天日。

沉香跪在母亲跟前，母亲紧紧抱住儿子，母子相会，百感交集。后来，母子俩找到了流落到外乡的刘彦昌，一家人终于团聚了。

传说中，华山是沉香为了搭救自己的母亲三圣母，用神斧劈开的，因此华山才有现在的险峻。通过沉香劈山救母这个故事，表现了深深的母子之情。

# 八仙过海

所谓"八仙"指的是铁拐李、汉钟离、蓝采和、张果老、何仙姑、韩湘子、曹国舅和吕洞宾。

有一天,八仙向西王母拜寿回来,腾云驾雾从东海上空经过,只见海上波涛汹涌,白浪滔天,煞是壮观。于是,八仙决定要到海面上玩一玩。

吕洞宾说:"大家把自己的宝物扔到海面上,借着它渡过大海,比一比谁更有神通,怎么样?"

铁拐李首先对这一建议表示赞同,他兴致昂扬地说:"好啊!大家先看我的!"便把拐杖投向海中,拐杖像一条小船漂浮在水面上。铁拐李一个筋斗,翻立在拐杖上。

接着汉钟离把他的芭蕉扇丢到海上,跳下去站在上面。

接着,其他几位仙人也各显神通,张果老倒骑着毛驴,吕洞宾踏着雌雄宝剑,韩湘子坐着箫,何仙姑乘着花篮,蓝采和站在拍板上,曹国舅踩着玉板,都在海面上漂浮了起来。

八仙顺着汹涌的波浪漂去,这与腾云驾雾的感觉大不相同,别有一番新的刺激和情调,大家玩得好不快意。

这时,曹国舅突然用手指向右边,并高声喊道:"大家看哪!那里有座海市蜃楼!"

大家转头一看,只见一座仙山渐渐地从海里升起,山上有树木,有楼房,一会儿就升到半空中了,慢慢地变成天边的浮云,一转眼,那浮云又被风吹散了。

韩湘子说:"我们真是眼福不浅!海市蜃楼是海里蛟龙嘘出来的气体变成的,百年难得一见哪!"

突然,蓝采和从他们当中消失了。大家远近观望,一边找一边喊,可

就是不见蓝采和的踪迹。

张果老猜说："可能是东海龙王作怪，他不欢迎我们在他的海上大显本领，把蓝采和抓到龙宫去了。走！我们一起到龙宫要人去！"

大家来到龙宫，好言请求龙王放人。龙王蛮不讲理，不但不肯，还派自己的几个儿子带领虾兵蟹将追杀八仙。八仙只得用随身的法宝当武器，抵抗虾兵蟹将。经过一场激烈的战斗之后，龙王的两个太子被八仙杀死了。

两个儿子被八仙杀了，龙王真是悲愤至极，急请南海、西海、北海龙王来帮忙。龙王们的不依不饶，把八仙也给惹火了，铁拐李用酒葫芦把海水吸光，其余几位仙人将泰山搬了过来，往东海里一扔，东海立刻变出了一座高山。

双方打得天昏地暗，日月无光，把太上老君、如来佛和观音也惊动了，他们全都赶来调解，才平息了一场风波。

因为这一场纠纷，八仙被玉皇大帝降级一等。从此，八仙再也不敢到外面惹是生非了。

俗话说"八仙过海，各显神通"，八仙在我国民间有很多的故事，但最有名的还是"八仙过海"这段故事。这个故事意在告诉我们，当我们在高兴的时候，一定要处理好与身边人的关系。同时，要苦练自己的基本功，只有这样，我们才能在竞争中立于不败之地。

# 历史典故

# 周文王与姜太公

商朝的末代王是纣。纣聪明有勇力并且很有军事才能,他最后平定了东夷,把商朝的文化带到了淮水和长江流域一带,对历史的发展起了一定的作用,但是因为过多的战争,加重了老百姓的负担,导致百姓怨声载道。

商纣王不管老百姓死活,只顾自己享乐,荒淫无度,无节制地建造宫殿,搜刮钱财,过着穷奢极欲的生活。不管是百姓还是诸侯,谁反对他,就遭到残酷的镇压。

纣的残暴行为,加速了商朝的灭亡。这时,在西部(现陕西西安西南,岐山市东北部),一个部落一天天兴盛起来,这就是周。

周部落是姬姓,此时期的周王正是周文王,名字叫姬昌。周文王精明强干,善理朝政,是个能干的政治家。他的生活与纣正相反。纣王喜欢喝酒,打猎,对老百姓滥施刑罚;而周文王禁止喝酒,不准贵族打猎,不许残害百姓,不许糟蹋庄稼。他鼓励人们耕作畜牧,还礼贤下士,因此,当时有才能的人都来投奔他。周部落迅速强大起来,威胁着商朝。

商朝见周部落日渐强大,有的大臣就对纣王说周文王的坏话,于是纣王就下令捉拿周文王,后来就将周文王关在羑里(今河南汤阴县一带)。周部落为救回文王,准备了许多美女、珍宝和马匹,献给纣王。纣王见了美女珍宝,眉开眼笑,就把周文王释放了。

周文王见纣王如此昏庸残暴,丧失民心,就决定讨伐商朝。可是他缺少一个真正有才能的人辅佐他,于是他千方百计物色人才。他虽不喜打猎,但为求贤才常常出游。一天,周文王坐着车,带着他的儿子和兵士来到渭水北岸,说是去打猎。来到渭水边,他远远看见一个老者在河岸上坐着钓鱼。周文王的大队人马走过,那个老者丝毫不动声色,佯装没看见,仍安安静静钓他的鱼。

文王的随从见此很生气,认为这老者对文王太傲慢无礼,正想前去质

问。文王忙制止。他觉得奇怪,就下了车,走到老者眼前,跟他聊起来。传说中姜太公用的是直钩,所以,谈话中,文王问这老者:"如何能钓上大鱼?"老者说:"愿者上钩啊。"

原来,岸边钓鱼的老者就是后人常说的姜太公。但这时他叫吕尚,是一个精通兵法的人。他有才能,怀抱负,听说周文王求贤安邦治国,这次是他故意在这里装钓鱼,想考察周文王其人。见周文王果然不凡,真心实意求贤才,他倾诉了自己的抱负。

经过一番谈话,周文王了解到吕尚是一个精通兵法的人,便很高兴。他说:"我祖父在世时曾对我说过,将来一定会有个了不起的人帮助你把周族兴盛起来。您正是这样的人。"说罢,他请吕尚上车,一起回宫。

因为吕尚是文王的祖父所盼望的人,所以就叫他太公望;又因他姓姜,后来传说中都叫他姜太公。太公望辅佐周文王,提倡生产,操练兵马。周族的实力蒸蒸日上,国泰民安。几年后,周族逐渐占领了大部分商朝统治的地区,归附文王的部落越来越多。不幸的是,在他打算征伐纣王的时候,因病逝世。伐纣的大事落在他儿子武王的肩上了。

# 烽火戏诸侯

周宣王死了以后，儿子姬宫湦即位，就是周幽王。周幽王什么国家大事都不管，光知道吃喝玩乐，打发人到处找美女。有个大臣名褒珦，他劝谏幽王，周幽王不但不听，反把褒珦关进监狱。

褒珦在监狱里被关了三年。褒家的人千方百计要把褒珦救出来。他们在乡下买了一个挺漂亮的姑娘，教会她唱歌跳舞，把她打扮起来，献给幽王，替褒珦赎罪。这个姑娘算是褒家人，取名褒姒。

幽王得了褒姒，高兴得不得了，就把褒珦释放了。他十分宠爱褒姒，可是褒姒自从进宫以后，心情闷闷不乐，没有开过一次笑脸。幽王想尽办法叫她笑，她却怎么也笑不出来。

周幽王出了一个赏格：有谁能让王妃娘娘笑一下，就赏他一千两金子。

有个马屁精叫虢石父，替周幽王想了一个鬼主意。原来，周王朝为了防备犬戎的进攻，在骊山（在今陕西临潼东南）一带造了二十多座烽火台，

每隔几里地就是一座。如果犬戎打过来，把守第一道关的兵士就把烽火烧起来，第二道关上的兵士见到烟火，也把烽火烧起来。这样一个接一个点燃烽火，附近的诸侯见到了，就会发兵来救。虢石父对周幽王说："现在天下太平，烽火台长久没有使用了。我想请大王跟娘娘上骊山去玩几天。到了晚上，咱们把烽火点起来，让附近的诸侯见了赶来，上个大当。娘娘见了这许多兵马扑了个空，保管会笑起来。"

周幽王拍着手说："好极了，就这么办吧！"他们上了骊山，真的在骊山上把烽火点了起来。临近的诸侯得了这个警报，以为有外敌来袭，赶快带领兵马来救。没想到赶到那儿，连一个犬戎兵的影儿也没有，只听到山上一阵阵奏乐和唱歌的声音，大伙儿都愣了。幽王派人告诉他们："辛苦了大家，这儿没什么事，不过是大王和王妃放烟火玩儿，你们回去吧！"诸侯知道上了当，憋了一肚子气回去了。

褒姒看见骊山脚下来了好几路兵马，乱哄哄的样子，等幽王一五一十告诉她事情的原委，褒姒果真开怀大笑。

幽王见褒姒开了笑脸，就赏给虢石父一千两金子。

幽王宠着褒姒，后来干脆把王后和太子废了，立褒姒为王后，立褒姒生的儿子伯服为太子。原来王后的父亲是申国的诸侯，得到这个消息，就联合犬戎进攻镐京。幽王听到犬戎进攻的消息，惊慌失措，连忙下命令把骊山的烽火点起来。烽火倒是烧起来了，可是诸侯因为上次上了当，谁也不来理会他们。烽火台上白天冒着浓烟，夜里火光烛天，可就是没有一个救兵到来。犬戎兵一到，镐京的兵马不多，勉强抵挡了一阵，被犬戎兵打得落花流水。犬戎的人马像潮水一样涌进城来，把周幽王、虢石父以及褒姒生的伯服杀了。那个不开笑脸的褒姒，也给抢走了。

到这时候，诸侯们知道犬戎真的打进了镐京，这才联合起来，带着大队人马来救。犬戎的首领看到诸侯的大军到了，就命令手下的人把周朝多少年聚敛起来的宝贝财物一抢而空，放了一把火才退走。中原诸侯打退了犬戎，立原来的太子姬宜臼为天子，就是周平王。诸侯也回到各自的封地去了。

没想到诸侯一走,犬戎又打过来,周朝西边大多土地都被犬戎占了去。平王恐怕镐京保不住,打定主意,把国都搬到洛邑去。

公元前770年,周平王迁都洛邑。因为镐京在西边,洛邑在东边,所以历史上把周朝在镐京做国都的时期,称为西周;迁都洛邑以后,称为东周。

# 信守承诺的晋文公

公元前655年,晋国因争夺王位继承权发生了内乱。结果太子申生被杀,他的弟弟重耳出逃,流亡在外。公元前637年,重耳到了楚国。楚成王预见到重耳将来有可能回国当国君,因此,楚成王不仅不歧视重耳,而且热情招待了他。

一天,楚成王举行宴会招待重耳,气氛热烈、融洽。席间,楚成王乘着重耳酒酣耳热的时候,问道:"公子,如果您能返回晋国,主持国政,将用什么报答我呢?"重耳未料及楚王会提出这样的问题。但是,他毕竟是个富于政治经验的人,稍加思索便说:"你们楚国,美女侍从多得数不胜数,金玉多得堆成山,色彩鲜艳的羽毛,洁白细润的象牙,坚固耐用的皮革,样样都有。我们晋国所有的,连一个零头也及不上。"这时,重耳显出很抱歉的样子,停了停又说:"这叫我拿什么来报答大王呢?"楚成王笑着说;"您总得用什么报答我吧?"

重耳听后,语气舒缓而有力地说:"如果托您大王的福,我能够返回晋国,登上王位,那一定不会忘记大王对我的恩情。要说报答,吃的用的,您应有尽有。我只想到将来,如果晋楚两国发生战争,那我一定命令晋军'退避三舍'。"

后来,重耳返回晋国,当了国君。他就是历史上有名的晋文公。他即位以后,整顿内政,发展生产,晋国渐渐强盛起来。其实,晋文公也想像齐桓公那

样，做中原的霸主。他早就看出，要当中原霸主，就得打败楚国。

不久，因为楚国攻打宋国，宋国向晋国求救，晋文公认为应该扶助有困难的国家，于是率兵先打下了归附楚国的两个小国(曹国和卫国)。以此为导火索，晋楚两国在城濮地方发生了战争。

楚军一进军，晋文公立刻命令自己的部队后撤三舍。当时有些将士不理解，辅佐晋文公的大臣狐偃便说："打仗先要凭个理，理直气就壮。当初主公在楚王面前曾允诺双方要交战，我们先退避三舍。今天后撤，就是信守诺言，否则，我们就理亏了。如果我们退了兵，他们还不肯罢休，那就是他们输了理，我们再与他们交兵不迟。"于是晋军上下一条心，一气后撤了九十里。但是楚将仍然不肯罢休，一步一步追击晋军。结果，大战展开了。最后晋军打败了楚军。

# 楚庄王的心思

公元前614年，楚穆王死了，他的儿子侣继位，就是楚庄王。年轻的楚庄王继位之后，只顾纵情享受，带领部下到云梦泽畔围猎游乐，或者在宫中观看歌舞狂欢。

虽然大臣们仍然照例进宫朝见、报告工作，但是他既不愿意过问国事，也不发布任何号令，军国大事任凭大夫们处理，仿佛自己不会当国君。而且就是从他的那副样子看，也根本就不像一个国君。

朝中的许多大臣看到楚庄王这个样子，都忧心如焚，担心着楚国的命运，纷纷进宫去劝谏他。可是楚庄王压根儿就不理睬这一套，反而责怪这些人多事，妨碍了自己玩乐的兴致。到后来他干脆下道命令："谁敢再来多嘴，我一定要杀他的头，决不赦免！"果然有的人不敢再去劝谏他，害怕遭到杀身之祸。

三年过去了,楚庄王仍然没有丝毫悔改之意,朝廷里的政事乱成一团,公子燮与公子仪曾经乘机叛乱,幸亏庐戢黎与叔麇两位大夫平息了叛乱。公元前613年,晋与鲁、宋、郑、陈、许、曹、卫等国在宋国的新城结成联盟,原来依附于楚国的陈、郑、宋等国又倒向晋国。

照这样发展下去,楚国的江山社稷就难保了。大夫伍参实在忍受不下去了,便冒死进宫去见楚庄王。在金碧辉煌的宫殿里,钟鼓齐鸣,楚庄王左手抱着从郑国娶来的姬妾,右手抱着来自越国的美女,面前的桌子上摆满了佳肴醇酒,他正醉眼蒙眬地欣赏一队队舞伎们的轻歌曼舞。

伍参走到他的面前,跪拜行礼,楚庄王瞟了他一眼说道:"又来找我的麻烦,你难道不怕死吗?"伍参笑眯眯地回答:"臣怎敢找君王的麻烦!只是有个谜语猜不出来,特来求教大王,为大王酒后助兴。"楚庄王说:"那么你就说吧!"伍参说:"高高的山上有只鸟,三年不飞又不鸣,是何鸟?"楚庄王略一沉思说:"三年不飞,一飞冲天;三年不鸣,一鸣惊人。此鸟非凡鸟。你下去吧,我知道了!"伍参连忙磕头说:"是!还是大王的见识高!不过依臣下愚见,此鸟不飞不鸣,就怕猎人暗中射箭哪!"楚庄王听了这话,似乎微微一震。伍参觉察到楚庄王话中有话,满以为他会有所转变,把这个情况告诉了大夫苏从,两人都感到高兴。

几个月以后,苏从再进宫去,不料却看见楚庄王还是在和一群美女调笑戏谑,更加放纵。于是苏从正颜厉色地批评楚庄王说:"大王身为楚国国君,继位三年,不问朝政,长此以往,恐怕只会像夏桀、商纣一样,招致身亡国灭之祸啊!"楚庄王一听这话,怒气冲天,立即抽出宝剑,指着苏从的心窝,大声吼道:"你难道没听到我的命令,想找死!"这时大厅里歌舞骤停,空气顿时紧张起来。只见苏从仍然挺身而立,面不改色,一字一句、沉着有力地回答:"如果我死了能对大王有好处,能使大王从此以社稷为重,振奋精神,能使我们楚国日益繁荣昌盛,那就是我的心愿,即使是死了也毫无怨言,请大王处死我吧!"楚庄王圆睁怒眼,逼视苏从。几分钟后,他猛然抽回宝剑,丢在地上,双手紧紧按住苏从的肩头,激动地

说:"好啊!苏从大夫,你正是我要物色的社稷之臣!"他回转身,一挥手,让那些惊呆了的艳姬美妾、歌女舞伎统统下去。招呼苏从坐下,两人亲切地谈了起来。

苏从这才知道,别看楚庄王三年不理朝政,可他对朝中大夫们的情况相当熟悉,忠奸分明;对于各诸侯国的动向也了如指掌,自有对策。苏从大吃一惊,万分激动。原来这是楚庄王的策略。他即位时年纪还很轻,需要有一个磨炼世事、增长阅历的过程,三年不飞正是为了增长羽翼,而三年不鸣,则是为了考察群臣的忠奸。这是因为当时朝中情况很复杂,谁好谁坏、谁忠谁奸一时还分不清,特别是贵族若敖氏的势力强大,专横跋扈,仗势欺人,他们究竟要干什么,还得让他们充分表演一下。因此,楚庄王在表面上装糊涂,不闻不问,而实际上是在默默地考察群臣的忠奸,以定取舍。他宣布"有敢谏者死无赦"的命令,是为了能够发现那些敢冒杀头危险、犯颜进谏、真正忠于自己的有胆有识之士,也便于发现一些不顾国家的安危,只会阿谀奉承、谋求飞黄腾达的小人。这是一种"考察"臣下的绝妙方法。所以,楚庄王不是荒淫无道的昏君,而是治国安邦、寻求人才的有心人。

第二天,楚庄王召集满朝百官开会,任命了伍参、苏从等一批德才兼备的大臣担任朝中的重要职务,削弱了若敖氏的势力,同时还杀了几个为非作歹、证据确凿的坏蛋。从此,楚庄王专心治理国家,把楚国的内政整顿得井井有条。

## 晏婴的故事

晏婴身材矮小,其貌不扬。一次,他奉命出使楚国,楚王见其个头太矮,就戏弄他说:"堂堂齐国为何派个矮子出使我国,难道齐国没有更好的

人了吗？"晏婴灵机一动，厉声回答："我们齐国派人出访有个规矩，那就是：有贤才的人出使上等国，不才的人出使下等国；大人出使大国，小人出使小国。我晏婴是小人，又最不才，因此，我只能出使楚国。"楚王听了很尴尬，只好自我解嘲地说："我本来要戏弄他，反而被他耍了。"于是，楚国上下都不敢轻视晏婴，处处对其以礼相待。

楚王虽已知道晏婴的厉害，但他从心底总不服气。晏子又一次出使到楚国，楚王想要羞辱他一顿，所以故意与晏子在前庭站着说话。

说话间，一个小吏绑着一个人从楚王面前走过。这时，楚王故作不知，问道："绑的是什么人，竟从这里走？"押解的小吏回答说："是个齐国人。"楚王瞅了一眼晏子，又问："他犯了什么罪？"小吏回答说："盗窃。"楚王接着大有挑衅之意地说道："难道齐国人生来就是盗贼吗？"晏子听了，已明白其意，针锋相对地说道："江南有橘树，把它移栽到江北，就变为枳树，之所以如此，是因其地域不同而发生了变化。现在的齐国人，在齐国安分守己，没有盗窃行为；而到了楚国就犯盗窃罪，这大概是楚国的习俗影响的吧。"楚王与其左右，面面相觑，无言以对。最后楚王又只好自我解嘲地说："晏子确是贤人啊，贤人怎么可以戏弄，戏弄不成，反会自讨没趣。"

晏婴为齐相，无论出使到哪个诸侯国，都不辱使命。一次，他出使到吴国。吴王对身边的大臣说："晏婴很有辩才，辞令娴熟，合于礼节。"停了一下，他下令说："晏婴来见，就说天子召见他。用这个试探一下，看他如何应对。"第二天，晏婴果然有事要见吴王。负责的官员对他说："天子召见。"晏婴机智地说："臣晏婴奉齐君之命出使到吴国，见的是吴王。没想到啊，事情会如此令人不解，怎么一变而为见天子呢？"停了停，他接着又说："我还是要见吴王，吴王现在在哪儿？"负责的官员见事情有点不妙，心想，晏子果然厉害，于是急忙改口说："吴王夫差请见。"这样，晏婴仍以诸侯之礼与吴王相见。

晏婴为齐相期间，诸侯国不敢轻易对齐施威。他对内处理朝政，刚直

不阿，秉公执法。有一次，身边的一个人不小心得罪了齐景公。齐景公非常生气，怒气难消，便叫人把那个人绑到殿下，命令左右把他大卸八块，以消心中之气。大臣们见大王如此动怒，没人敢前来劝谏。这时晏子走过来，问明怎么回事，他走到被绑的人面前，只见他举起左手扯着那个人的头发，右手霍霍磨刀，仰着头问道："古代的圣明之王肢解罪人的刑罚，不知是从何时开始的？"齐景公听了，马上离开座席并说："把那人放了吧，罪过在寡人这里。"一句话，使景公怒气全消，茅塞顿开。晏婴善于辞令，以能言善辩著称，刚直不阿，秉公执法也为人称颂。后人推崇他，还因为他平时一般不参加酒席。即使是国君的邀请，他也婉言谢绝。

　　齐景公饮酒作乐常常是通宵达旦。一次，齐景公和他的宠姬美妾饮酒作乐，虽然已经喝了很久，可景公仍觉得不尽兴。宠姬美妾一个个千娇百媚，你敬我劝，景公总觉不够欢畅。忽然，他想起相国晏子来，心想若是与他一起开怀畅饮，那才痛快。随即命令手下人去叫晏子，有人说这不太好，于是就叫人备车，并把酒具佳肴全部移动到晏子那里。报信的人只说大王光临，要晏子接驾。晏子不知有何事竟然惊动国王驾临。他穿上朝服，束好腰带，手持笏板，恭候在门旁。

　　过了一会，景公到了，晏子忙迎上前去并问道："大王有什么事吗？"景公说，"没有啊！"晏子不解地说："如果没事，为何烦劳大王深夜屈尊来到臣舍？"景公兴冲冲地说："相国政务繁忙，日理万机，难得消闲。寡人今夜带来美味佳肴，还有动听的音乐，优美的舞蹈，愿与相国一起痛饮，

共享欢乐。"不料晏子回答说:"若是安邦治国之事,臣当为之谋划,在所不辞;若是宴饮尽欢的酒席之事,大王左右之人尽可与大王同欢,我不敢参与其间,还望大王见谅。"景公万没想到,竟然碰了钉子。想到晏子勤于政事、一身正气以及他的贡献,便没有发怒。只好兴味索然地回驾了。

# 西施送城防图

西施在吴国,一住就是十年。她听说越国将要兴师伐吴,就设法搞到了一张吴都姑苏的城防图。地图到手的那天夜里,西施心里真高兴呀!她仿佛看到故国百万雄师,攻下固若金汤的江南第一都,绕过了设在宫外的陷阱,冲进了通向宫内的暗道;范蠡骑着白玉骢,按图寻路,正向馆娃宫飞驰而来……可是,天一亮,看到高高的宫墙,森严的戒备,她心顿时凉了半截。这馆娃宫,只有吴王才能自由进出,连相国伍子胥、太宰伯也要通报方能入内。这到手的地图,如何送得到越国去呢?

西施想了三天三夜,还是想不出好办法。她整天愁眉不展,什么都吃不下去。吴王见了,担心地说:"美人啊,什么事情使你这样不开心?寡人陪你采莲去。"西施摇摇头,说:"臣妾懒得泛舟。""寡人陪你进城去。""臣妾只想清静。""寡人陪你赏花去。""臣妾一点兴趣也没有。"这下吴王更担心了,叹道;"唉!美人如此闷闷不乐,难道又病了不成么?"一个"病"字,就像一根银针,把西施心头的愁结挑开了。她随即以手捧心,顺水推舟道:"大王,臣妾确无忧闷事,只是不知为什么,近来又常胸口痛。"吴王一听慌了手脚,马上下令,召来最好的御医。西施服了药,可"病"反而更重了。吴王贴出皇榜,从民间找来最有本领的郎中。西施又服药,可"病"更加重了。吴王没了主意,对西施说:"美人啊,有谁能治好你的病,寡人情愿让他半壁江山。"西施气喘吁吁地说:"能治好我病的人倒是有一

个,只可惜他……""他是谁?在哪里?""他是我的堂伯伯,住在苎萝山上。臣妾儿时胸口痛,一吃他的草药,病就马上好啦。"吴王化忧为喜,马上派出特使,昼夜兼程赶往越国,直奔诸暨苎萝山。

施老医生一听西施病重,忙带了一包草药,匆匆启程。到了馆娃宫,跨进椒花房,马上把病看。可是,左切脉,右问诊,西施脉平气和,并无大病,只是肝经稍郁。施老医生是个耿直人,看罢病,开了方,交与吴王,说:"大王放心,娘娘不过是偶染小恙,马上就会好的。"谁知吴王一听,反而破口大骂:"你这老朽,莫非想耽误娘娘的病?"施老医生受了委屈,犟脾气发作了,他不顾西施如何向他暗示,回答:"我是医家,按病情诊断;何况娘娘又是我侄女儿,凭什么说我要耽误她?"作为一言九鼎的吴王,第一次尝到被顶撞的滋味,不由勃然大怒,拔出宝剑直向施老医生劈去。正在这千钧一发之际,只听得"啊"的一声惊叫,西施被吓昏过去。这下子,没病倒变成有病啦!

吴王急忙把剑扔在地上,扶住西施;施老医生也忘了生死,上前抢救。他从怀中掏出纸包,倒出药粉,吹入西施鼻中。渐渐地,西施醒了过来。施老医生又用参汤送药,叫西施服下。西施顿觉肠气回动,忙一把抓住吴王的手,连声嚷道:"大王,杀不得,杀不得!杀了施老医生,臣妾就无救啦!"吴王见刚才抢救的情景,倒也相信了施老医生的医术。正在这时,外传伍相国求见,吴王就对西施说:"美人放心,寡人叫他守在你身边,直到病愈。"说罢,又向内侍宫女交代几句,这才离开。

吴王一走,西施忙设法差开宫女,又向施老医生讲明了装病请他的原因。施老医生大受感动,欣然从命。西施赶紧拿出地图,将它反摺,做成一朵白花,告诉他怎么办,然后亲自送他出了内苑。

施老医生手持白花,告别西施,正要跨出内宫大门,突然,伍子胥出现在面前。"站住!"伍子胥拦住了施老医生的去路说,"干什么的?""给娘娘治病。""既来治病,如何就走?""娘娘乃思念亡父,结郁成疾,现已对症下药,不出三日,保能痊愈。"伍子胥无言可对,忽然看见了白花,

77

又问,"手里拿的什么?""娘娘亲手制作的白花,叫小人带回家乡,献于亡父坟前。""拿来与我看看!""这个……怕不妥吧。""有什么不妥的?大王有令,凡出入内宫者,均要检查!"伍子胥一把抓住施老医生,欲夺白花。西施在珠帘内听得很清楚,眼看就要露馅,连忙掀起帘子出来,故意气呼呼地问:"伍相国,难道连我的东西,你也要检查?"伍子胥十分尴尬,连忙答道:"不不不!如果此花真是娘娘的,不看也罢。""哼!"施老医生有西施撑腰,胆又壮了。他故意将白花在伍子胥眼前一晃,径自大步跨出了内宫大门。可谁知台阶未下,吴王到来了。

伍子胥像是捞到了救命稻草,心生毒计,急忙上前奏道:"大王,老医生说要回越国。臣认为,娘娘的病,只有他能治好,那就该永远留在宫中,这样一来,就不怕娘娘的病再发了。"西施一听暗暗叫苦,吴王却哈哈大笑,连连说:"有理,有理!"

这时,施老医生回答说:"既蒙大王器重,老相国抬举,小人怎敢不从命,可小人来时匆忙,当地草药没有多采,百宝药箱也没带来,望大王开恩,让小人回家一趟再来,定效犬马之劳。"吴王听了也觉有理,当场道:"好啊,快去快回,多带些起死回生的药来!"圣旨一下,西施心中的一块石头终于落地。而伍子胥却傻了眼,只得眼巴巴地看着施老医生离去……范蠡收到了西施送来的地图,立刻改变作战计划,分兵两路,直攻姑苏,终于一战告捷,灭了吴国。

# 荆轲刺秦王

秦王政重用尉缭,一心想统一六国,不断向各国进攻。他拆散了燕国和赵国的联盟,使燕国丢了好几座城。

燕国的太子丹原来留在秦国当人质,他见秦王政决心兼并列国,又夺

去了燕国的土地，就偷偷地逃回燕国。他恨透了秦国，一心要替燕国报仇。但他既不操练兵马，也不打算联络诸侯共同抗秦，却把燕国的命运寄托在刺客身上。他把家产全拿出来，寻找能刺杀秦王政的人。后来，太子丹物色到了一个很有本领的勇士，名叫荆轲。他把荆轲收在门下当上宾，把自己的车马给荆轲坐，自己的饭食、衣服让荆轲一起享用。荆轲当然很感激太子丹。

公元前230年，秦国灭了韩国，过了两年，秦国大将王翦占领了赵国都城邯郸，一直向北进军，逼近燕国。燕太子丹十分焦急，就去找荆轲。太子丹说："拿兵力去对付秦国，简直像拿鸡蛋去砸石头；要联合各国合纵抗秦，看来也办不到了。我想，派一位勇士，打扮成使者去见秦王，挨近秦王身边，逼他退还诸侯的土地。秦王答应了最好，要是不答应，就把他刺死，您看行不行？"荆轲说："行是行，但要挨近秦王身边，必定得先叫他相信我们是求和去的。听说秦王早想得到燕国最肥沃的土地督亢（今河北涿州市一带），还有秦国将军樊於期，现在流亡在燕国，秦王正在悬赏通缉他。我要是能拿着他的头和督亢的地图去献给秦王，他一定会接见我。这样，我就可以对付他了。"太子丹感到为难，说："督亢的地图好办；樊将军受秦国迫害来投奔我，我怎么忍心伤害他呢？"

荆轲知道太子丹心里不忍，就私下去找樊於期，跟他说："我有一个主意，能帮助燕国解除祸患，还能替将军报仇，可就是说不出口。"樊於期连忙说："什么主意，你快说啊！"荆轲说："我决定去行刺，怕的就是见不到秦王的面。现在秦王正在悬赏通缉你，如果我能够带着你的头颅去献给他，他准能接见我。"樊於期说："好，你就拿去吧！"说着，就拔出宝剑，抹脖子自杀了。

太子丹事前准备了一把锋利的匕首，叫工匠用毒药煮炼过，能见血封喉。他把这把匕首送给荆轲，作为行刺的武器，又派了勇士秦舞阳做荆轲的副手。

公元前227年，荆轲从燕国出发到咸阳去。太子丹和少数宾客穿上白

衣白帽，到易水（在今河北易县）边送别。临行的时候，荆轲给大家唱了一首歌："风萧萧兮易水寒，壮士一去兮不复还。"大家听了他悲壮的歌声，都伤心得流下眼泪。荆轲拉着秦舞阳跳上车，头也不回地走了。

荆轲到了咸阳。秦王政一听燕国派使者把樊於期的头颅和督亢的地图都送来了，十分高兴，就命令在咸阳直接见荆轲。朝见的仪式开始了。荆轲捧着装了樊於期头颅的盒子，秦舞阳捧着督亢的地图，一步步走上秦国朝堂的台阶。秦舞阳一见秦国朝堂那副威严样子，不由得害怕得发起抖来。秦王政左右的侍卫一见，吆喝了一声，说："使者为何变了脸色？"荆轲回头一瞧，果然见秦舞阳的脸又青又白，就赔笑对秦王说："粗野的人，从来没见过大王的威严，免不了有点害怕，请大王原谅。"秦王政仍有点怀疑，对荆轲说："叫秦舞阳把地图给你，你一个人上来吧。"荆轲从秦舞阳手里接过地图，捧着木匣上去，献给秦王政。秦王政打开木匣，果然是樊於期的头颅。秦王政又叫荆轲拿地图来。荆轲把一卷地图慢慢打开，到地图全都打开时，荆轲预先卷在地图里的一把匕首就露出来了。秦王政一见，惊得跳了起来。荆轲连忙抓起匕首，左手拉住秦王政的袖子，右手把匕首向秦王政胸口直扎过去。

秦王政使劲地向后一转身，把那只袖子挣断了。他跳过旁边的屏风，刚要往外跑。荆轲拿着匕首追了上来，秦王政一见跑不了，就绕着朝堂上的大铜柱子跑。荆轲紧紧地逼着。两个人像走马灯似的直转悠。旁边虽然有许多官员，但是都手无寸铁；台阶下的武士，按秦国的规矩，没有秦王命令是不准上殿的。大家都急得六神无主，也没有人召台下的武士。官员中有个伺候秦王政的医生，急中生智，拿起手里的药袋对准荆轲扔了过去。荆轲用手一扬，那只药袋就飞到一边去了。就在这一眨眼的工夫，秦王政往前一步，拔出宝剑，砍断了荆轲的左腿。荆轲站立不住，倒在地上。他拿匕首直向秦王政扔过去。秦王政往右边只一闪，那把匕首就从他耳边飞过去，打在铜柱子上，"嗡"的一声，直迸火星儿。秦王政见荆轲手里已经没有武器，又上前向荆轲砍了几剑。荆轲自己知道已经失败，苦

笑着说:"我没有早下手,本来是想先逼你退还燕国的土地……"侍从的武士已经一起赶上殿来,结果了荆轲的性命。台阶下的那个秦舞阳,也早就给武士们杀了。

# 卧薪尝胆

吴王阖闾打败楚国,成了南方霸主。吴国跟附近的越国(都城在今浙江绍兴)素来不和。公元前496年,越国国王勾践即位。吴王趁越国刚刚办丧事,就发兵攻打越国,吴越两国在槜李(今浙江嘉兴西南)的地方,发生一场大战。吴王阖闾满以为可以打胜仗,没想到打了个败仗,自己又中箭受了重伤,再加上年纪大了,回到吴国,就死了。

吴王阖闾死后,儿子夫差继位。阖闾临死时对夫差说:"不要忘记报越国的仇。"夫差记住这个嘱咐,叫人经常提醒他。他经过宫门,手下的人就扯开了嗓子喊:"夫差!你忘了越王杀你父亲的仇吗?"夫差流着眼泪说:"不,不敢忘。"他让手下操练兵马,准备攻打越国。

过了两年,吴王夫差亲自率领大军去打越国。越国有两个很能干的大夫,一个叫文种,一个叫范蠡。范蠡对勾践说:"吴国练兵快三年了。这回决心报仇,来势凶猛。咱们不如守住城,不要跟他们作战。"勾践不同意,也发大军去跟吴国人拼个死活。两国的军队在太湖一带打上了。越军果然大败。

越王勾践带了五千个残兵败将逃到会稽,被吴军围困起来。勾践弄得一点办法都没有了。他跟范蠡说:"真后悔没有听你的话,弄到这步田地。现在该怎么办?"范蠡说:"咱们赶快去求和吧。"勾践派文种到吴王营里去求和。文种在夫差面前把勾践愿意投降的意思说了一遍。吴王夫差想同意,可是伍子胥坚决反对。

文种回去后,打听到吴国的伯嚭是个贪财好色的小人,就把一批美女

和珍宝，私下送给伯嚭，请伯嚭在夫差面前讲好话。经过伯嚭在夫差面前一番劝说，吴王夫差不顾伍子胥的反对，答应了越国的求和，但是要勾践亲自到吴国去。文种回去向勾践报告了。勾践把国家大事托付给文种，自己带着夫人和范蠡到吴国去。

勾践到了吴国，夫差让他们夫妇俩住在阖闾的大坟旁边一间石屋里，叫勾践给他喂马。范蠡跟着做奴仆的工作。夫差每次坐车出去，勾践就给他拉马，这样过了两年，夫差认为勾践真心归顺了他，就放勾践回国。

勾践回到越国后，立志报仇雪耻。他唯恐被眼前的安逸消磨了志气，在吃饭的地方挂上一个苦胆，每逢吃饭的时候，就先尝一尝苦味，问自己："你忘了会稽的耻辱吗？"他还把席子撤去，用柴草当作褥子。这就是后来人传诵的"卧薪尝胆"的故事。

勾践决定要使越国富强起来，他亲自参加耕种，叫他的夫人自己织布，来鼓励生产。因为越国遭到亡国的灾难，人口大大减少，他定出奖励生育的制度。他叫文种管理国家大事，叫范蠡训练人马，自己虚心听从别人的意见，救济贫苦的百姓。全国的老百姓都巴不得多加一把劲，好令这个受欺压的国家变成真正的强国。

## 商鞅变法

秦国是战国七雄之一。初期，秦国在政治、经济、文化等各方面都较落后。公元前361年，秦孝公即位。两年后，孝公的君位稳了，他就拜商鞅为左庶长，并宣布国家改革的事从今往后全由左庶长负责。于是，商鞅开始推行新法。

首先，他起草了一个改革的法令，但怕老百姓不相信，就先叫人在都城的南门竖了一根木头，并下令说："谁能把这根木头扛到北门去，就赏他

十两金子。"不一会儿,很多人都围过来,议论纷纷。有的摇头说:"这根木头谁都扛得动,哪儿用得着十两赏金?"还有的说:"这大概是跟我们开玩笑吧。"总之,没有人相信是真事。商鞅等了一个时辰,没有一个人去扛木头。

商鞅知道,秦朝廷一直以来很少讲信义,老百姓还是不相信他的命令。他想了想,就把赏金提到五十两。正在大伙议论的时候,有一个人跑出来,走到商鞅面前,说:"我来试试。"商鞅点点头,那人说着,真的把木头扛起来就走,直奔北门。商鞅立刻传出话来,赏金五十两,一分也不能少。这件事,像疾风一样,立即传开去,轰动了整个秦国。老百姓称赞说:"左庶长的命令真不含糊。"商鞅知道,老百姓已经相信了他,这是他的命令起了作用。于是,他就把起草的新法令公布了出去。秦国自商鞅变法以后,军事力量强大了,农业生产发展了。

秦孝公见商鞅的改革措施成功了,更加重视他,信任他。公元前350年,商鞅又实行了第二次改革。主要内容是:废井田,开阡陌;建立县的组织,加强国家的权力,迁都咸阳等。第二次大规模的改革,引起上层社会激烈的反对。

一次,秦国的太子犯了法,商鞅对秦孝公说:"国家的法令必须上下一律遵守,要是上头的人不遵守,下面的人就不信任朝廷了。太子犯了法,他的师傅应当受罚。"孝公无法,只有依从了商鞅。商鞅将太子的两个老师,一个割掉了鼻子,一个在脸上刺了字。这样,其他贵族、大臣都不敢反对和触犯新法了。

商秧变法推行了十年,秦国越来越强盛。中原的诸侯国纷纷向秦国道

贺,有的与秦国交好,连周天子也打发使者送祭肉给秦国,封孝公为"方伯"。商鞅变法之所以得以实施,与他当初立木为信有很大关系。

# 邹忌和齐王

齐国,作为春秋五霸之首,国力强盛。不过,到了齐威王时,他倚仗势力强大,一天到晚只是吃喝玩乐,不问国事。这时其他几国,如楚、鲁、晋等见齐王如此腐败、荒唐,接连向齐国进兵。齐国连吃败仗,齐王仍不闻不问,照吃、照玩不误。国大业大的齐国,就这样越来越衰弱了。

"天下兴亡,匹夫有责。"齐人邹忌擅长弹琴,他心怀治国强兵之道,听说齐威王喜欢音乐,一天从家乡赶来求见齐王。齐王听说要见的人擅长弹琴,心里非常高兴,立即将邹忌请进宫。邹忌刚进宫,威王立刻叫他弹奏,可邹忌却把琴往旁边一推,还说着:"我一向重视研究弹琴的道理,至于弹不弹曲子,那就没什么了。"

齐威王不解地问:"这弹琴,还有什么道理可讲吗?那你就说说看。"邹忌心想,齐威王真没生气啊,正好与他多交谈交谈。于是,邹忌就先讲了一大通弹琴的道理。威王听得津津有味。邹忌讲得越是头头是道,威王越想听他弹一曲,于是打断邹忌的话,说:"先生,您说得太好了,也说得太多了,您快给我弹一段听听吧!"

齐威王怎么也没有想到,邹忌不但没有立刻弹琴,反倒板起面孔,质问起威王来了:"大王,我是琴师,以弹琴为业,因此整天琢磨弹琴的道理;可大王您,是一国之君,身居王位,掌握着整个国家的命运,却不管国家大事,这跟我按着琴不弹有何不同?我有琴按着不弹,大王您很不高兴。同样道理,您掌大权却不治理国家,全国老百姓就高兴吗?难道您不怕全国老百姓反对吗?"邹忌的话句句入理,说得威王手足无措。这番铿

锵有力的话，与其说是规劝，不如说是警告吧！齐王身上已冒出冷汗，他连说："对！对！我一定听先生的话。"当即将邹忌留下来，待如贵宾，并恭恭敬敬地向他请教治国安邦大事。在邹忌的劝说下，齐王放弃酒色歌舞而广招人才，考察官吏，操练兵马，发展生产，奖励耕织。这样，齐国又渐渐强盛起来了。

国家渐渐强盛起来，百姓安居，说奉承话的人也多了，齐王听了也乐滋滋的，整日飘飘然，对不同意见就有点听不进去了。邹忌认为骄傲的人必定会失败，要提醒大王必须把这毛病改掉。可怎么和大王说呢，他苦苦思索着。

一天，他要上朝，早早起来，穿好衣服，戴好帽子，对着镜子照了照。只见他若有所思地照着镜子，问妻子："我跟城北徐公比，谁漂亮些？"妻子笑道说："当然是您漂亮啦，城北徐公怎么比得上呢？"

邹忌身长八尺有余，身材匀称，相貌端庄，的确挺漂亮。但是，城北徐公是当时齐国有名的美男子。邹忌听了妻子夸赞的话，有点怀疑，又去问侍妾："你看看，我与城北徐公比，谁漂亮？"侍妾回答说："徐公怎能跟您比呢？您比他漂亮多了！"过了一会儿，来了客人，邹忌又问客人，回答与前二者同。正在邹忌深深思索时，第二天，城北徐公来拜访。这时，邹忌把徐公仔仔细细，上上下下打量个够，又偷偷照照镜子，看看徐公，更觉自己比徐公差远了！心想，可这些人为什么都说我比徐公漂亮呢？

晚上，他躺在床上继续思索这两天的事，终于恍然大悟。第二天一大早，他穿戴好，就上朝见齐王去了。见到齐王，原原本本将这件事讲给齐王听。齐王听了先是哈哈大笑，后又不解地问邹忌："他们为什么都说你比徐公漂亮呢？"邹忌接着说："您想，妻子说我美，是因为她偏爱我；妾说我美，是她怕我；客人说我美，是他们有求于我啊！"

齐王听了，点头说："对啊，对别人的好话也得多想想。"邹忌机敏地接上话茬，严肃地说："大王，您听的好话最多，受的蒙蔽也多呀。"威王听了有点不高兴，沉着脸说："你这是何意？"邹忌却从容地说："大

王,您想,说我美的人都是为了讨好我才蒙蔽我。现在,齐国有广阔的土地,方圆有上千里,数百个城镇,数万百姓,直到宫中侍女、美妾、朝廷大臣,哪一个不偏爱大王、害怕大王呢?由此看来,大王受的蒙蔽不是比我深多了吗?"威王开始听不进,经邹忌这么一说,他顿时醒悟,不由说道:"知我者先生啊!你说得太好了!"于是,他向全国下了一道命令:"不管什么人,当面能指出我的缺点、错误的,受头等奖;用书面给我提意见的,受中等奖;即使在背后议论我的过错的,传到我耳里,也给下等奖。"这道命令传出后,朝廷内外,提批评建议的,络绎不绝。几个月以后再来提意见的人就少了,一年后,人们便觉得没的说了。

威王采纳了邹忌的建议,又加强了调查,严惩了颠倒是非,贪赃枉法的污吏。从此,齐国更强大了。

# 屈原的故事

楚国自从被秦国打败以后,一直受秦国欺负,楚怀王又想重新和齐国联合。秦昭襄王即位以后,很客气地给楚怀王写信,请他到武关(在陕西丹凤县东南)相会,当面订立盟约。

楚怀王接到秦昭襄王的信,心想不去,怕得罪秦国;去,又怕出危险。他就跟大臣们商量。大夫屈原对楚怀王说:"秦国残暴得像豺狼一样,咱们受秦国的欺负不止一次了。大王一去,准上他们的圈套。"

可是怀王的儿子公子子兰却一个劲儿劝楚怀王去,说:"咱们当初把秦国当作敌人,结果死了好多人,又丢了土地。如今秦国愿意跟咱们和好,怎么能推辞人家呢。"楚怀王听信了公子子兰的话,就上秦国去了。

果然不出屈原所料,楚怀王刚踏进秦国的武关,立刻被秦国预先埋伏

下的人马截断了后路。在会见时,秦昭襄王逼迫楚怀王把黔中的土地割让给秦国,楚怀王没答应。秦昭襄王就把楚怀王押到咸阳软禁起来,要楚国大臣拿土地来赎才放他。

楚国的大臣们听到国君被押,把太子立为新的国君,拒绝割让土地。这个国君就是楚顷襄王。公子子兰当了楚国的令尹。

楚怀王在秦国被押了一年多,吃尽苦头。他冒险逃出咸阳,又被秦国派兵追捕了回去。他连气带病,没过多久就死在秦国。

楚国人因为楚怀王受秦国欺负,死在外头,心里很不平。特别是大夫屈原,更是气愤。他劝楚顷襄王搜罗人才,远离小人,鼓励将士,操练兵马,为国家和怀王报仇雪耻。

可是他这种劝告不但不顶事,反倒招来了令尹子兰和靳尚等人的仇视。他们天天在顷襄王面前说屈原的坏话。

他们对楚顷襄王说:"大王没听说屈原数落您吗?他老跟人家说,大王忘了秦国的仇恨,就是不孝;大臣们不主张抗秦,就是不忠。楚国出了这种不忠不孝的君臣，哪儿能不亡国呢？大王，你想想这叫什么话！"

楚顷襄王听了大怒，把屈原革了职，放逐到湘南去。屈原抱着救国救民的志向，富国强民的打算，反倒被奸臣排挤出去，简直气疯了。他到了湘南以后，经常在汨罗江（在今湖南省东北部）一带一边走，一边唱着伤心的歌。

附近的庄稼人知道他是一个爱国的大臣，都挺同情他。这时候，有一个经常在汨罗江上打鱼的渔父，很佩服屈原的为人，但就是不赞成他那愁闷的样子。

有一天，屈原在江边遇见渔父。渔父对屈原说："您不是楚国的大夫吗？怎么会落到这等地步呢？"

屈原说："许多人都是肮脏的，只有我是个干净人；很多人都喝醉了，只有我还醒着。所以我被赶到这儿来了。"

渔父不以为然地说："既然您觉得别人都是肮脏的，就不该自命清高；既然别人喝醉了，那么您何必独自清醒呢！"

屈原反对："我听人说过，刚洗头的总要把帽子弹弹，刚洗澡的人总是喜欢掸掸衣上的灰尘。我宁愿跳进江心，埋在鱼肚子里去，也不能拿自己干净的身子跳到污泥里，去染得一身脏。"

由于屈原不愿意随波逐流活着，到了公元前278年农历五月初五那天，他怀抱大石，跳到汨罗江里自杀了。

附近的庄稼人，得到这个信儿，都划着小船去救屈原。可是一片汪洋大水，哪儿有屈原的影儿。大伙儿在汨罗江上捞了半天，也没有找到屈原的尸体。

渔父很难受，他对着江面，把竹筒子里的米撒了下去，算是献给屈原的。

到了第二年五月初五那一天，当地的百姓想起这是屈原投江一周年的日子，又划了船，用竹筒子盛了米撒到水里去祭祀他。后来，他们又把盛着米饭的竹筒子改为粽子，划小船改为赛龙船。这种纪念屈原的活动渐渐成为一种风俗。人们把每年农历五月初五称为端午节，据说就是这样

来的。

屈原死后，留下了一些优秀的诗歌，其中最有名的是《离骚》。他在诗歌里，痛斥卖国的小人，表达了他忧国忧民的心情，也表达了他对楚国一草一木所寄托的无限深情。

# 孟母三迁

孟子之所以能学有所成，成为儒家思想的代表人物，与孟母严格的教育有很大关系。

孟家附近有一片松林，松林旁边有一块墓地，只要谁家死了人，送葬的就从他家门口过。那时候，谁家死了人，都要办丧事，尤其大户人家，出殡、送葬非常热闹，队伍很长。送葬人的啼哭声和吹鼓手乐队的吹吹打打声混在一起，往往招来许多观看的人，其中小孩子最多。

小孟轲和小伙伴们看了以后，常模仿出殡、送葬，挖坑，埋假死人，堆土堆，之后，大家一起跪在土堆前哭哭啼啼。有的装成吹鼓手，拾个小木棍也学那吹吹打打的样子，他们玩得很愉快，场面好不热闹。

孩子们经常玩埋葬死人的游戏，被孟母知道了，她很生气。一天小孟轲刚回家，孟母将他叫到屋内，严肃地对他说："孩子，你记住，咱们家的祖先，是鲁国的富贵人家，后来衰落了，才搬迁到邹国来。你父亲是读书人，很有学识，可惜死得早。现在，我们家境贫寒，才住到这城外的荒野之地。可你不好好在家读书，却经常与那些淘气的孩子一起玩耍，在坟墓间埋死人，哭哭啼啼的，这成什么样子，这样怎么会有出息呢？你要争气啊！"

孟母说完，小孟轲表示坚决悔改。为给孩子找个好的学习环境，孟母决定改变环境，不久把家迁到了城里。为此，孟母将辛勤劳动节俭下来的积蓄，全用光了。孟母还把收藏的孔子的学生整理的《论语》找出来，要儿子好好地读，学做孔子那样的人。

从此，小孟轲天天在家里认真读书，也没有伙伴来找他。可是，没有多久，小孟轲就坐不住了，总想到外边去看看。一天，孟母不在家，他偷偷跑到外边，一看，好热闹。因为，这个新家位居闹市，摊主的叫卖声，附近还有打铁匠终日叮当叮当的打铁声，人来人往。不久，小孟轲又结识

了新的一群小伙伴。他们在一起玩耍，有时玩得高兴忘记回家吃饭。孩子们玩得有滋有味，有的模仿卖东西，高声叫卖，有的当顾客，也真有趣。

小孟轲与伙伴一起尽情玩耍，常常忘记学习，这时，孟母很生气。孟母想，住在这闹市，对孩子学习影响太大。于是，她历尽艰辛，又搬了一次家。这次，搬到城东的学宫的对面去了。这里和闹市大不相同，没有嘈杂的闹市声，没有来来往往的人群，经常听到学宫里传出琅琅的读书声。小孟轲也常常在墙外听那读书声，不由地跟着诵读。时间久了，小孟轲的心安定下来了，喜欢读书了。有时坐在家中一读就是一整天。孟母也很高兴。

孟轲小时很聪明，对诵读过的全能熟记。别人做什么只要他见过的，就能模仿去做。例如，他常常到学宫门前往里面张望，看那里的孩子们怎样读书，怎样跟老师演习"周礼"（周代传下来的关于祭祀、朝拜方面的礼仪，这是当时官学规定的必学内容）。

孟轲对学生们跟老师学习"周礼"时的低头、弯腰、抱拳等动作感到很好奇，回家自己就学着做，孟母见了，又以为是玩耍，心里有点不高兴。一问，才知这是在学作"周礼"。这下孟母高兴极了。

不多久，孟母就求人将儿子送进学宫。让儿子开始系统地接受教育。开始学习"六艺"，即礼、乐、射、御、书、数（礼节、音乐、射箭、驾车、汉字、算术）。孟轲学习努力勤奋，常常放学回家接着学习，他进步很快。孟轲后来果然学有所成。

# 完璧归赵

公元前283年，秦昭襄王派使者带着国书去见赵惠文王，说秦王情愿让出十五座城来换赵国收藏的一块珍贵的"和氏璧"，希望赵王答应。

赵惠文王就跟大臣们商量要不要答应。要是答应，怕上秦国的当，丢了和氏璧又拿不到城；要不答应，又怕得罪秦国。议论了半天，还不能决定该怎么办。

当时有人推荐蔺相如，说他是个有见识的人。赵惠文王就把蔺相如召来，要他出个主意。蔺相如说："秦国强，赵国弱，不答应不行。"赵惠文王说："要是把和氏璧送了去，秦国取了璧，不给城，怎么办呢？"蔺相如说："秦国拿出十五座城来换一块璧玉，这个价值是够高的了。要是赵国不答应，错在赵国。大王把和氏璧送了去，要是秦国不交出城来，那么错在秦国。宁可答应，叫秦国担这个错儿。"赵惠文王说："那么就请先生上秦国去一趟吧。可是万一秦国不守信用，怎么办呢？"蔺相如说："秦国交了城，我就把和氏璧留在秦国；要不然，我一定把璧完好地带回赵国。"蔺相如带着和氏璧到了咸阳。秦昭襄王得意地在别宫里接见他。蔺相如把和氏璧献上去。秦昭襄王接过璧，看了看，挺高兴。他把璧递给美人和左右侍臣，让大伙儿传着看。大臣们都向秦昭襄王庆贺。

蔺相如站在朝堂上等了老半天，也不见秦王提换城的事。他知道秦昭襄王不是真心拿城来换璧。可是璧已落到别人手里，怎么才能拿回来呢？他急中生智，上前对秦昭襄王说："这块璧虽说挺名贵，可是也有点小毛病，不容易瞧出来，让我来指给大王看。"秦昭襄王信以为真，就吩咐侍从把和氏璧递给蔺相如。

蔺相如一拿到璧，往后退了几步，靠着宫殿上的一根大柱子，瞪着眼睛，怒气冲冲地说："大王派使者到赵国来，说是情愿用十五座城来换赵国的璧。赵王诚心诚意派我把璧送来。可是，大王并没有交换的诚意。如今璧在我手里。大王要是逼我的话，我宁可把我的脑袋和这块璧在这柱子上一同砸碎！"

说着，他真的拿着和氏璧，对着柱子做出要砸的样子。秦昭襄王怕他真的砸坏了璧，连忙向他赔不是，说："先生别误会，我哪儿能说了不算呢？"他就命令大臣拿上地图来，并且把准备换给赵国的十五座城指给蔺

相如看。蔺相如想，可别再上他的当，就说："赵王送璧到秦国来之前，斋戒了五天，还在朝堂上举行了一个很隆重的仪式。大王如果诚意换璧，也应当斋戒五天，然后再举行一个接受璧的仪式，我才敢把璧奉上。"秦昭襄王想，反正你也跑不了，就说："好，就这么办吧。"他吩咐人把蔺相如送去歇息。

蔺相如回到客栈，叫一个随从的人打扮成买卖人的模样，把璧贴身藏着，偷偷地从小道跑回赵国去了。

过了五天，秦昭襄王召集大臣们和别国在咸阳的使臣，在朝堂举行接受和氏璧的仪式，叫蔺相如上朝。蔺相如不慌不忙地走上殿去，向秦昭襄王行了礼。秦昭襄王说："我已经斋戒五天，现在你把璧拿出来吧。"蔺相如说："秦国自秦穆公以来，前后二十几位君主，没有一个讲信义的。我怕受欺骗，丢了璧，对不起赵王，所以把璧送回赵国去了。请大王治我的罪吧。"秦昭襄王听到这里，大发雷霆，说："是你骗了我，还是我欺骗你？"蔺相如镇静地说："请大王别发怒，让我把话说完。天下诸侯都知道秦是强国，赵是弱国。天下只有强国欺负弱国，绝没有弱国欺压强国的道理。大王真要那块璧的话，请先把那十五座城割让给赵国，然后打发使者跟我一起到赵国去取璧。赵国得到了十五座城以后，绝不敢不交出璧。"

秦昭襄王听蔺相如说得振振有词，不好翻脸，只得说："一块璧不过是一块璧，不应该为这件事伤了两国的和气。"结果，还是让蔺相如回赵国去了。

蔺相如回到赵国，赵惠文王认为他完成了使命，就提拔他为上大夫。秦昭襄王本来也不想用十五座城去换和氏璧，不过想借这件事试探一下赵国的态度和力量。蔺相如完璧归赵后，他也没再提交换的事。

# 负荆请罪

秦昭襄王一心要使赵国屈服,接连入侵赵国边境,占领了一些地方。公元前279年,他又耍了个花招,请赵惠文王到秦地渑池(今河南渑池县西)相见。赵惠文王开始怕被秦国扣留,不敢去。大将廉颇和蔺相如都认为如果不去,就是向秦国示弱。

赵惠文王决定硬着头皮去冒一趟险。他叫蔺相如随他一块儿去,让廉颇留在本国辅助太子留守。为了防备意外,赵惠文王又派大将李牧带兵五千人护送,相国平原君带兵几万人,在边境接应。

到了预定会见的日期,秦王和赵王在渑池相会,并且举行了宴会,高兴地喝酒谈天。

秦昭襄王喝了几盅酒,带着醉意对赵惠文王说:"听说赵王弹得一手好瑟。请赵王弹个曲儿,给大伙儿凑个热闹。"说罢,真的吩咐左右把瑟拿上来。赵惠文王不好推辞,只好勉强弹一个曲儿。秦国的史官当场就把这事记了下来,并且念着说:"某年某月某日,秦王和赵王在渑池相会,秦王令赵王弹瑟。"赵惠文王气得脸都发紫了。

正在这时候,蔺相如拿了一个缶,突然跪到秦昭襄王跟前,说:"赵王听说秦王挺会弹奏秦国的乐器。我这里有个缶,也请大王赏脸敲几下助兴吧。"秦昭襄王勃然变色,不去理他。蔺相如的眼睛射出愤怒的光,说:"大王未免太欺负人了。秦国的兵力虽然强大,可是在这五步之内,我可以把我的血溅到大王身上去!"秦昭襄王见蔺相如这股势头,十分吃惊,只好拿起击棒在台上把缶乱敲了几下。蔺相如回过头来叫赵国的史官也把这件事记下来,说:"某年某月某日,赵王和秦王在渑池相会。秦王给赵王击缶。"秦国的大臣见蔺相如竟敢这样伤秦王的体面,很不服气。有人站起来说:"请赵王割让十五座城给秦王上寿。"蔺相如也站起来说:"请秦王把咸阳城割让给赵国,为赵王上寿。"秦昭襄王眼看这个局面十分紧张。他

事先已探知赵国派大军驻扎在附近，真的动起武来，恐怕也得不到便宜，就喝止秦国大臣，说："今天是两国君王欢会的日子，诸位不必多说。"

这样，两国渑池之会总算圆满结束。蔺相如两次出使，保全赵国不受屈辱，立了大功。赵惠文王十分信任蔺相如，拜他为上卿，地位在大将廉颇之上。廉颇很不服气，私下对自己的门客说："我是赵国大将，立了多少汗马功劳。蔺相如有什么了不起？倒爬到我头上来了。哼！我见到蔺相如，总要给他点颜色看看。"这句话传到蔺相如耳朵里，蔺相如就装病不去上朝。

有一天，蔺相如带着门客坐车出门，老远就瞧见廉颇的车马迎面而来。他叫赶车的退到小巷里去躲一躲，让廉颇的车马先过去。这件事可把蔺相如手下的门客气坏了，他们责怪蔺相如不该这样胆小怕事。蔺相如对他们说："你们看廉将军跟秦王比，哪一个势力大？"他们说："当然是秦王势力大。"蔺相如说："对呀！天下的诸侯都怕秦王。为了保卫赵国，我就敢当面责备他。怎么我见了廉将军倒反怕了呢。因为我想过，强大的秦国不敢来侵犯赵国，就因为有我和廉将军两人在。要是我们两人不和，秦国知道了，就会乘机来侵犯赵国。就为了这个，我宁愿容忍点儿。"

有人把这件事讲给廉颇听，廉颇感到十分惭愧。他就裸着上身，背着荆条，跑到蔺相如的家里去请罪。他见了蔺相如说："我是个粗鲁人，见识少，气量窄。哪儿知道您竟这么容忍我，我实在惭愧，请您责打我吧。"

蔺相如连忙扶起廉颇，说："咱们两个人都是赵国的大臣。将军能体谅我，我已经万分感激了，怎么还来给我赔礼呢。"两个人都激动得流下眼泪。打这以后，两人就做了知心朋友。

# 毛遂自荐

公元前259年，赵国在长平遭到惨败，40万大军全军覆没。秦国乘胜追击，赵国已无力抵抗。赵国危在旦夕，赵孝成王要平原君向楚国求救。

平原君想到自己的国都——邯郸十分危急，他决心亲自到楚国与楚王商谈联合抗秦的事。他打算带20名文武全才与他同行。于是在3000门客中挑选。挑来挑去，只选中19个。他正在为此事着急，有个门客，自我举荐说："我能否算个数呢？"平原君抬头一看，并不熟悉，有点吃惊地说："先生叫什么名字？来到我门下多长时间了？"那个门客高声说："我叫毛遂，到这儿已经3年了。"平原君听了直摇头，说："有才能的人在我这里就像一把锥子放在口袋里，它的尖很快就冒出来了。先生来到我这儿已3年了，可我没听说你有什么本领啊。"

毛遂是个有智谋有胆略的人，在平原君家里待了3年，一直默默无闻。他的才能始终无机会表现出来，因此平原君不认识他。这次平原君挑选20名文武双全的人去楚国谈判，毛遂认为是个好机会。因此，当平原君挑选到19人时，他果断地站出来自荐。

当他听到平原君怀疑他的才能的问话时，他从容不迫而又无可辩驳地说："几年来，我从来就没有能像锥子那样放进您的袋里呀，要是早放进您的袋里，我敢说，不只是尖头露出来，整个锥子就会像禾穗一样挺出来。"

平原君觉得毛遂的话不无道理，再说缺的一个人也还没找到。于是，

平原君点头同意了。他心里很佩服毛遂的胆量和口才。

已挑出来的那19个门客,一边听一边交头接耳。有的还用轻蔑的眼光看他。平原君带着挑出的20人出发去楚国。一路上,大家交谈着。开始有人还在轻视毛遂,说他说大话。但谈着谈着,发觉他不是一个平庸之辈。

平原君一行到楚国后,就跟楚王商谈出兵助赵的事。可是谈了半天,没有一点动静。他的随员们个个心急如焚,等得实在不耐烦了。但是,他们你看看我,我瞧瞧你,谁也没什么办法。这时有人想起毛遂在赵国时说的大话,便怂恿他上台。

毛遂想到自己的国家正处在危急之中,加上同行人的鼓励,他不慌不忙,大步登上台,对着平原君高声说:"楚国与赵国联合抗秦,三言两语就可决定了。怎么从早晨说到现在,太阳当头了,还不见结果?"

楚王见毛遂没有命令擅自走上台来,心中不快,又听到这番话,很生气。于是,怒气冲冲地问平原君:"这是什么人?"平原君答道:"是我门下食客。"

楚王一听毛遂是个地位低微的人,便大声呵斥:"我跟你主人商量国家大事,你上来干什么?还不赶快下去!"毛遂毫不畏惧,从容不迫地跨前一步,对楚王说:"你之所以敢当众呵斥我,是凭着楚国的强大。可现在,你我之间只相距10步,你的性命掌握在我的手里。"说话时,他手按宝剑,正气凛然。这时的楚王被吓呆了,哆哆嗦嗦地说:"您有什么高见呢?"毛遂继续说:"堂堂的楚国,方圆五千里,士卒百万,应该做霸主。可是,在秦国面前,胆小如鼠。以前,秦将白起只带领几万军队攻打楚国,一战就攻下了你们的国都。再战,就烧掉了你们的坟墓,这是何等的奇耻大辱,连我们赵国也感到羞愧。可是你这个国王竟若无其事,不想报仇。说实在话,楚赵联合抗秦,并非单单为了我们赵国,重要的是为了你们楚国。"毛遂这一席话,理直气壮,铿锵有力,像一把锋利的锥子一样,句句刺痛楚王的心。说得楚王频频点头,红着脸,连声说:"说得对,说得对。"毛

遂紧紧盯了一句："那么，我们合纵的事就这样定了？"楚王点头。楚王和平原君当场结盟订约。不久，赵国在楚国和魏国的帮助下，解了围。

事后，平原君感慨地对人说："我发现的人才也算不少了，但竟看错了毛先生。从此以后，我再也不敢随意评价人了。"

后来，毛遂自荐的事广为流传。至今，人们还用"毛遂自荐"形容自我推荐。毛遂自荐的精神应提倡，它体现了自信的力量、体现了自我价值的实现。

# 秦始皇

秦王政兼并了六国，结束了战国割据的局面，统一了中国。他觉得自己的功绩比古代传说中的三皇五帝还要大，不能再用"王"的称号，应该用一个更加尊贵的称号才配得上他的功绩，就决定采用了"皇帝"的称号。他是中国第一个皇帝，就自称是始皇帝。他还规定：子孙接替他皇位的按照次序排列，第二代叫二世皇帝，第三代叫三世皇帝，这样一代一代传下去，一直传到千世万世。

在一次朝会上，丞相王绾等对秦始皇说："现在各诸侯国刚刚消灭，特别是燕、楚、齐三国离咸阳很远，不在那里封几个王不行，请皇上把几位皇子封到那里去。"

秦始皇要大臣议论一下，许多大臣都赞成王绾的意见，只有李斯反对，他说："周武王建立周朝的时候，封了不少诸侯。到后来，像冤家一样互相残杀，周天子也没法禁止。可见分封的办法不好，不如在全国设立郡县。"

李斯的意见正合秦始皇的心意。他决定废除分封制，改用郡县制，把全国分为36个郡，郡下面再分县。郡的长官都由朝廷直接任命。国家的政事，不论大小，都由皇帝决定。据说秦始皇每天看下面送来的奏章，要看120斤(那时的奏章都是刻在竹简上的)，不看完不休息。可见他的权力是多么集中了。

在秦始皇统一中原之前，列国向来是没有统一的制度的，就拿交通来说，各地的车轴大小就不一样，因此车道也有宽有窄。国家统一了，车辆要在不同的车道上行走，很不方便。从那时候起，规定车辆上两个轮子的距离一律改为6尺，使车轮的轨道相同。这样，全国各地车辆往来就方便了，这叫作"车同轨"。

在秦始皇统一中原之前，列国的文字也很不统一。就是一样的文字，也有好几种写法。从那时候起，采用了比较方便的书法，规定了统一的文字。这样，各地的文化交流也方便多了。这叫作"书同文"。

各地交通便利，商业也发达起来，但是原来列国的尺寸、升斗、斤两的标准全不一样。从那时候起，又规定了全国用统一的度、量、衡制。这样，各地的买卖交换也没有困难了。秦始皇正在从事国内的改革，没想到北方的匈奴打了进来。匈奴本来是我国北部一个古老的少数民族。战国后期，匈奴贵族趁北方的燕国、赵国衰落，一步步向南侵犯，黄河河套一带大片土地夺了过去。秦始皇统一中原以后，派大将蒙恬带领30万大军去抵抗，河套一带地区都收了回来，设置了44个县。

为了防御匈奴的侵犯，秦始皇又征用民伕，把原来燕、赵、秦王国北方的城墙连接起来，又新造了不少城墙。这样从西面的临洮(今甘肃岷县)到东面的辽东(今辽宁辽阳西北)，连成一条万里长城。这座举世闻名的古建筑，成为我们中华民族古老悠久文明的象征。

后来，秦始皇又派出大军50万人，平定南方，添设了3个郡；第二年，蒙恬打败了匈奴，又添了一个郡。这样，全国总共有40个郡。

# 司马迁与《史记》

汉武帝派将军李陵攻打匈奴，他带着五千名步兵跟匈奴作战。单于亲自率领三万骑兵把李陵的步兵团团围住。尽管李陵的箭法十分好，兵士也十分勇敢，五千步兵杀了五六千名匈奴骑兵，但是匈奴兵越来越多，汉军寡不敌众，后面又没救兵，最后只剩了四百多汉兵突围出来。李陵被匈奴逮住，投降了。

李陵投降匈奴的消息震动了朝廷。汉武帝把李陵的母亲和妻儿都下了监狱，并且召集大臣，要他们议一议李陵的罪行。大臣们都谴责李陵不该贪生怕死，向匈奴投降。

汉武帝问太史令司马迁，想听听他的意见。司马迁说："李陵带去的步兵不满五千，他深入敌人的腹地，打击了几万敌人。他虽然打了败仗，可是杀了这么多的敌人，也可以向天下人交代了。李陵不肯马上去死，一定有他的主意。他一定还想将功赎罪来报答皇上。"汉武帝听了，认为司马迁这样为李陵辩护，是有意贬低李广利(李广利是汉武帝宠妃的哥哥)，勃然大怒，说："你这样替投降敌人的人强辩，不是存心反对朝廷吗？"他大喝一声，就把司马迁投下了监狱，交给廷尉审问。审问下来，把司马迁定了罪。司马迁拿不出钱赎罪，只好受了刑罚，关在监狱里。

司马迁认为受腐刑是一件很丢脸的事，他几乎想自杀。但他想到自己有一件极重要的工作没有完成，不应该死。他当时正在用全部精力写一部书，这就是我国古代最伟大的历史著作《史记》。

原来，司马迁的祖上好几辈都担任史官，父亲司马谈也是汉朝的太史令。司马迁十岁的时候，就跟随父亲到了长安，从小就读了不少书籍。

为了搜集史料，开阔眼界，司马迁从二十岁开始，就游历祖国各地。他到过浙江会稽，看了传说中大禹召集部落首领开会的地方；到过长沙，在汨罗江边凭吊爱国诗人屈原；他到过曲阜，考察孔子讲学的遗址；他到

过汉高祖的故乡，听取沛县父老讲述刘邦起兵的情况……这种游览和考察，使司马迁获得了大量的知识，又从民间语言中汲取了丰富的养料，给司马迁的写作打下重要的基础。以后，司马迁当了汉武帝的侍从官，又跟随皇帝巡行各地，还奉命到巴、蜀、昆明一带视察。

司马谈死后，司马迁继承父亲的职务，做了太史令，他阅读和搜集的史料就更多了。在他正准备着手写作的时候，就为了替李陵辩护得罪汉武帝，下了监狱，受了刑。他痛苦地想：这是我自己的过错呀。现在受了刑，身子毁了，没有用了。但是他又想：从前周文王被关在羑里，写了一部《周易》；孔子周游列国的路上被困在陈蔡，后来编了一部《春秋》；屈原遭到放逐，写了《离骚》；左丘明眼睛瞎了，写了《国语》；孙膑被剜掉膝盖骨，写了《兵法》。还有《诗经》三百篇，大都是古人在心情忧愤的情况下写的。这些著名的著作，都是作者心里有郁结，或者理想行不通的时候，才写出来的。我为什么不利用这个时候把这部史书写好呢？

于是，他把从传说中的黄帝时代开始，一直到汉武帝这段时期的历史编写成130篇共52万字的巨大著作《史记》。司马迁在他的《史记》中，对古代一些著名人物的事迹都做了详细的叙述。他对于农民起义的领袖陈胜、吴广，给予高度的评价；对被压迫的下层人物往往表示同情的态度。他还把古代文献中过于晦涩难懂的文字改写成当时比较浅显的文字。人物描写和情节描述，形象鲜明，语言生动活泼。因此，《史纪》既是一部伟大的历史著作，又是一部杰出的文学著作。

司马迁出了监狱以后，担任中书令，最后郁郁而终。但他和他的著作《史记》在我国的史学史、文学史上都享有很高的地位。

# 破釜沉舟

项梁在整顿了军队以后，接连打了几个胜仗，打败了秦朝大将章邯。项羽、刘邦带领另一支队伍，杀了秦将李由。项梁骄傲起来，认为秦军没有什么了不起，放松了警惕。章邯重新补充了兵力，趁项梁不防备，发动了猛烈的反扑。项梁在战斗中被杀了。项羽、刘邦也只好退守彭城。

章邯打败项梁，认为楚军大伤元气，就暂时撇开黄河以南这一头，带领秦军北上进攻赵国（这个赵国不是战国时代的赵国，而是新建立起来的一个政权），很快就攻下了赵国都城邯郸，赵王歇逃到巨鹿（今河北平乡西南）。

章邯派秦将王离把巨鹿包围起来，自己带领大军驻扎在巨鹿南面的棘原。他还在棘原和巨鹿之间修筑了一条粮道，给王离军运送粮草。

赵王歇几次三番派人向楚怀王求救。当时，楚怀王正想派人往西进攻咸阳。项羽急于想为叔父报仇，要求带兵进关。

怀王身边有几个老臣暗地对怀王说："项羽性子太暴躁，杀人太多；刘邦倒是个忠厚人，不如派他去。"正好赵国来讨救兵，楚怀王就派刘邦打咸阳，另派宋义为上将军，项羽为副将，带领二十万大军到巨鹿去救赵国。

宋义带领的大军到了安阳（今河南安阳东南），听说秦军声势浩大，就命令楚军停了下来，想等秦军和赵军打上一阵，让秦军消耗掉一部分兵力，再攻过去。

宋义按兵不动,在安阳一停就是四十六天。项羽耐不住性子,去跟宋义说:"秦军包围了巨鹿,形势这样紧急,咱们赶快渡河过去,跟赵军里外夹击,一定能够打败秦军。"

宋义说:"我们还是等秦军和赵军决战以后再说。"他又对项羽说:"上阵跟敌人交锋,我比不上你;要说坐在帐篷里出个计策,你就比不上我了。"

他还下了一道命令:"将士中如有不服从指挥的,就得按军法砍头!"

这道命令明明是针对项羽的,项羽气得要命。这时候已经是十一月的天气,北方天冷,又碰着大雨。楚营里军粮接济不上,兵士们受冻挨饿,都抱怨起来。

项羽说:"现在军营里没有粮食,但是上将军却按兵不动,自己喝酒作乐,这样不顾国家,不体谅兵士,哪里像个大将的样子。"

第二天,项羽趁朝会的时候,拔出剑来把宋义杀了。他提了宋义的头,对将士说:"宋义背叛大王(楚怀王),我奉大王的命令,已经把他处死了。"

将士们大多是项梁的老部下,宋义在将士中本来没有什么威望。大伙见项羽把他杀了,都表示愿意听项羽指挥。

项羽把宋义被处死的事,派人报告了楚怀王。楚怀王虽然很不满,也只好封项羽为上将军。

项羽杀了宋义以后,先派部将英布、蒲将军率领两万人做先锋,渡过漳水,切断秦军运粮的道,把章邯和王离的军队分割开来。然后,项羽率领主力渡河。

楚军全部渡过漳河后,项羽让士兵们吃了一顿饱饭,每人又带了三天的干粮,然后传下命令:把渡河的船凿洞沉入河底,把做饭用的锅砸碎,把住的房屋统统烧掉。这就是历史上有名的"破釜沉舟"。项羽用这样的办法来表示有进无退,一定要取得胜利的决心。

士兵们看见主帅有这样的决心,就更有勇气了,大家都抱着必死的信

念。在项羽的亲自指挥下,他们以一当十,以十当百,拼命地与秦军搏杀,经过九次不间断的冲锋,把秦军打得落花流水。秦军的几个主要将领,有的被杀,有的被俘,有的投降。这一战,不但解了巨鹿之围,而且把秦军打得元气大伤。

当时,各路将领来救赵国的有十几路人马。可是他们害怕秦军强大,都扎下营寨,不敢跟秦军交锋。这回听到楚军震天动地的喊杀声,都挤在壁垒上看。他们瞧见楚军横冲直撞杀进秦营的情景,吓得伸着舌头,屏住了气。赶到项羽打垮了秦军,请他们到军营来相见的时候,他们都跪在地下爬着进去,连头也不敢抬起来。

大家颂扬项羽说:"上将军的神威真了不起,自古到今没有第二个。我们情愿听从您的指挥。"打那时候起,项羽实际上成了各路反秦军的首领。

## 鸿门宴

公元前207年,项羽在巨鹿打败秦军,与此同时,刘邦率军攻破秦都城咸阳。刘邦听从谋士劝说,把军队安置在咸阳附近的霸上,并没有进入咸阳。他关闭了秦王的宫殿、钱库等重要的地方,并且安抚咸阳的百姓。百姓们看见刘邦待人宽容、军纪严肃,非常高兴,都希望刘邦称王。

刘邦将军队安置在霸上,还没有和项羽见面,刘邦的左司马曹无伤就派人对项羽说:"刘邦想要在关中称王,让子婴做丞相,将全部珍宝据为己有。"项羽非常生气,说:"明天早晨犒劳士兵,打败刘邦的军队!"于是便率领四十万人马进驻咸阳附近的鸿门(今陕西省临潼东),准备攻抢咸阳。范增劝告项羽说:"沛公在山东的时候,贪恋钱财宝物,喜欢美女。现在进了关,不掠夺财物,不迷恋女色,这说明他的志向很远大啊。我叫人观察他那里的云气,都是龙虎的形状,显示五彩的颜色,这是天子的云气啊!

要一举消灭他,不要错失了好机会。"楚国的左尹项伯,是项羽的叔父,同张良私交很好。张良这时正跟随刘邦。项伯就连夜骑马跑到刘邦的军营,私下会见张良,把事情全告诉了他,想让张良和他一起离开,说:"不要和刘邦他们一起死啊。"张良说:"我是韩王派给沛公的人,现在沛公遇到危难,逃走是不道义的事,不能不告诉他。"于是张良进去,全部告诉了刘邦。

刘邦大惊,说:"这该怎么办啊?"张良说:"是谁给大王出这条计策的?"刘邦说:"一个见识短浅的小子劝我说:'守住函谷关,不要放诸侯进来,秦国的土地就可以全部占有而称王了。'所以就听了他的话。"张良说:"估计大王的军队可以抵挡项王吗?"刘邦沉默了一会儿,说:"当然不能啊,这该怎么办呢?"张良说:"请让我去告诉项伯,说沛公不敢背叛项王。"刘邦说:"你怎么和项伯有交情?"张良说:"秦朝时,项伯和我私交很好,他杀了人,我救了他;现在事情危急,幸亏他来告诉我。"刘邦

说:"你们的年龄谁大啊?"张良说:"他比我大。"刘邦说:"你替我请他进来,我要像对待兄长一样对待他。"

张良出去,把项伯引见给刘邦。刘邦端起一杯酒祝项伯长寿,并和项伯约定结为儿女亲家,说:"我进入关中,一点东西都不敢据为己有,登记了人口,封闭了仓库,等待项将军的到来。我之所以派遣将领把守函谷关,是为了防止其他盗贼和意外。我天天盼望将军的到来,怎么会有反叛的心呢?希望您把我的情况都告诉项王。"项伯答应了,告诉刘邦:"明天早晨要早些来向项王道歉。"刘邦说:"好。"于是项伯连夜回去,赶回军营把刘邦的话报告了项羽,趁机说:"沛公不先攻破关中,你怎么能轻易进关来呢?现在人家立了大功,你却要攻打他,这是不讲信义的事啊。不如好好对待他。"项羽答应了。

第二天一早,刘邦带着一百多人马来鸿门见项王,向项王说:"我和将军合力攻打秦国,将军在黄河以北作战,我在黄河以南作战,我并没有料到能先进入关中,灭掉秦。现在有小人传播谣言,让您和我之间产生了误会。"项王说:"这是沛公的左司马曹无伤说的,他不说我也不会这样。"项王当天就让刘邦留下,与他一起饮酒。项王、项伯朝东坐,亚父(范增)朝南坐。刘邦朝北坐,张良朝西陪侍。范增多次向项王使眼色,再三举起他佩带的玉玦暗示项王,项王沉默没反应。范增起身,出去召来项庄,说:"君王为人心地不狠。你进去上前敬酒,敬完酒,请求舞剑,趁机把沛公杀死。否则,你们都将被他俘虏!"项庄就进去敬酒。敬完酒,说:"君王和沛公饮酒,军营里没有什么可以用来作为娱乐的,请让我舞剑为大家助兴。"项王说:"好。"项庄拔剑起舞,项伯也拔剑起舞,并常常像鸟张开翅膀那样掩护刘邦,导致项庄无法刺杀。

于是,张良到军营门口找樊哙。樊哙问:"今天的事情怎么样啊?"张良说:"很危险啊!现在项庄拔剑起舞,他的意图在沛公身上啊!"樊哙说:"这太危险了,请让我进去,跟他同生死。"于是樊哙拿着剑,持着盾牌,冲进军门。持戟交叉守卫军门的卫士想阻止他进去,樊哙侧着盾牌撞

去，卫士跌倒在地上，樊哙就进去了，掀开帷帐朝西站着，瞪着眼睛看着项王，头发直竖起来，眼角都裂开了。项王握着剑挺起身问："客人是干什么的？"张良说："这是沛公的参乘樊哙。"项王说："赏他一杯酒。"左右就递给他一大杯酒，樊哙拜谢后，起身，站着把酒喝了。项王又说："赏他一条猪腿。"左右就给了他一条不熟的猪腿。樊哙把他的盾牌扣在地上，把猪腿放在盾牌上，拔出剑来切着吃。项王说："壮士！还能喝酒吗？"樊哙说："我死都不怕，一杯酒有什么可推辞的？秦王有虎狼一样的心肠，杀人唯恐不能杀尽，惩罚人唯恐不能用尽酷刑，所以天下人都背叛他。怀王曾和诸将约定，'先打败秦军进入咸阳的人封作王'。现在沛公先打败秦军进了咸阳，一点儿东西都不敢动用，封闭了宫室，军队退回到霸上，等待大王到来。特意派遣将领把守函谷关以防备其他盗贼的出入和意外的变故。这样劳苦功高，没有得到封侯的赏赐，反而听信小人的谣言，想杀有功的人，这只是灭亡了的秦朝的继续罢了。我以为大王不应该采取这种做法。"项王没有回答，说："坐。"樊哙挨着张良坐下。坐了一会儿，刘邦起身上厕所，乘机把樊哙叫了出来。

刘邦出去后，项王派都尉陈平去叫刘邦。刘邦说："现在出来，还没有告辞，这该怎么办？"樊哙说："做大事不必顾及小节，讲大礼不必计较小的谦让。现在人家正好比是菜刀和砧板，我们则好比是鱼和肉，告辞干什么呢？"于是就决定离去。刘邦就让张良留下来道歉。张良问："大王来时带了什么东西？"刘邦说："我带了一对玉璧，想献给项王；一双玉斗，想送给亚父。正碰上他们发怒，不敢奉献。你替我把它们献上吧。"张良说："好。"这时候，项王的军队驻在鸿门，刘邦的军队驻在霸上，相距四十里。刘邦就留下车辆和随从人马，独自骑马脱身，和樊哙、夏侯婴、靳强、纪信等四人拿着剑和盾牌徒步逃跑，从郦山脚下，取道芷阳，抄小路走。刘邦对张良说："从这条路到我们军营，不过二十里罢了，估算着等我回到军营，你再进去。"

刘邦离去后，从小路回到军营。张良进去道歉，说："沛公禁受不起酒

107

力,不能当面告辞。让我奉上白璧一双,拜两拜敬献给大王;玉斗一双,拜两拜献给大将军。"项王说:"沛公在哪里?"张良说:"听说大王有意要责备他,已经独自离开,回到军营了。"项王就接受了玉璧,把它放在座位上。亚父接过玉斗,放在地上,拔出剑来敲碎了它,说:"唉!这小子不值得和他共谋大事!夺项王天下的人一定是沛公。我们都要被他俘虏了!"刘邦回到军中,立刻杀掉了曹无伤。

这就是中国历史上有名的"鸿门宴",当时项羽依仗自己势力强大,轻信刘邦,使刘邦得以逃脱。

# 挥泪斩马谡

为实现先主刘备的遗愿,228年,诸葛亮发动了北伐曹魏的战争。诸葛亮将赵云、邓芝、马谡等召来,部署了一番,亲自率领军队进军祁山(现甘肃省和县西北一带)。离开成都的时候,他给后主刘禅上了一道奏章,要后主不要满足现状,妄自菲薄;要亲近贤臣,疏远小人;并且表示他决心担负起兴复汉室的责任。这道奏章就是历史上有名的《出师表》。

过了年,诸葛亮采用声东击西的办法,传出消息,要攻打郿城(今陕西省眉县),并且派大将赵云带领一支人马进驻箕谷(今陕西省褒城北),装出要攻打郿城的样子。魏军得到情报,果然把主要兵力派去守郿城。诸葛亮趁魏军不防备,亲自率领大军,突然从西路扑向祁山。

蜀军经过诸葛亮几年严格训练,阵容整齐,号令严明,士气十分旺盛。自从刘备死后,蜀汉多年没有动静,魏国毫无防备,这次蜀军突然袭击祁山,守在祁山的魏军抵挡不了,纷纷败退。蜀军乘胜进军,祁山北面天水、南安、安定三个郡的守将都背叛魏国,派人向诸葛亮求降。

那时候,魏文帝曹丕已经病死。魏国朝廷文武官员听到蜀汉大举进

攻，都惊慌失措。刚刚即位的魏明帝曹叡比较镇静，立刻派张郃带领五万人马赶到祁山去抵抗，还亲自到长安去督战。

诸葛亮到了祁山，决定派出一支人马去占领街亭（今甘肃庄浪东南），作为据点。让谁来带领这支人马呢？当时他身边还有几个身经百战的老将。可是他都没有用，单单看中参军马谡。

马谡这个人确是读了不少兵书，平时很喜欢谈论军事。诸葛亮找他议事，他就高谈阔论，也出过一些好主意。因此诸葛亮很信任他。但是刘备在世的时候，就看出马谡不大踏实。他在生前特地叮嘱诸葛亮，说："马谡这个人言过其实，不能派他干大事，还得好好考察一下。"但是诸葛亮这一回却将马谡委以重任，王平做副将。

马谡和王平带领人马到了街亭，张郃的魏军也正从东面开过来。马谡看了地形，对王平说："这一带地形险要，街亭旁边有座山，正好在山上扎营，布置埋伏。"王平提醒他说："丞相临走的时候嘱咐过，要坚守城池，稳扎营垒。在山上扎营太冒险。"马谡没有太多实战经验，自以为熟读兵书，根本不听王平的劝告，坚持要在山上扎营。王平一再劝马谡没有用，只好央求马谡拨给他一千人马，让他在山下临近的地方驻扎。

张郃率领魏军赶到街亭，看到马谡放弃现成的城池不守，却把人马驻扎在山上，暗暗高兴，马上吩咐手下将士在山下筑好营垒，把马谡扎营的那座山围困起来。

马谡几次命令兵士冲下山去，但是由于张郃坚守住营垒，蜀军没法攻破。魏军切断了山上的水源，蜀军在山上断了水，连饭都做不成，时间一长，自己先乱了起来。张郃看准时机，发起总攻。蜀军兵士纷纷逃散，马谡要禁也禁不了，最后，只好自己杀出重围，往西逃跑。

王平带领一千人马，稳守营盘。他得知马谡失败，就叫兵士拼命打鼓，装出进攻的样子。张郃怀疑蜀军有埋伏，不敢逼近他们。王平整理好队伍，不慌不忙地向后撤退，一千人马不但一个也没损失，还收容了不少马谡手下的散兵。

街亭失守。蜀军失去了重要的据点，又丧失了不少人马。诸葛亮为了避免遭受更大损失，决定把人马全部撤退到汉中。

诸葛亮回到汉中，经过详细查问，知道街亭失守完全是由于马谡违反了他的作战部署。马谡也承认了他的过错。诸葛亮按照军法，把马谡下了监狱，定了死罪。

马谡知道自己免不了一死，在监狱里给诸葛亮写了封信，说："丞相平日待我像待自己的儿子一样，我也把丞相当作自己父亲。这次我犯了死罪，希望我死以后，丞相能够像舜杀了鲧还重用禹一样，对待我的儿子，我死了也没牵挂了。"

诸葛亮杀了马谡，想起他和马谡平时的情谊，心里十分难过，流下了眼泪。以后，他真的把马谡的儿子照顾得很好。

诸葛亮认为王平在街亭曾经劝阻过马谡，在退兵的时候，又用计保全人马，立了功，应该受奖励，就把王平提拔为参军，让他统率五部兵马。

诸葛亮对将士们说："这次出兵失败，固然是因为马谡违反军令。可是我用人不当，也应该负责。"他就上了一份奏章给刘禅，请求把他的官职降低三级。

刘禅接到奏章，不知该怎么办才好。有个大臣说："既然丞相有这个意见，就依着他吧。"刘禅就下诏把诸葛亮降级为右将军，仍旧办丞相的事。

由于诸葛亮赏罚分明，以身作则，蜀军将士都很感动。大家把这次失败当作教训，士气更加旺盛。这年冬天，诸葛亮又带兵杀出散关（今陕西宝鸡西南），包围了陈仓（今宝鸡东），杀了一个魏将；第二年春天，又出兵收复武都（今甘肃成县）、阴平（今甘肃文易西北）两个郡。后主刘禅认为诸葛亮立了功，下了一道诏书，恢复诸葛亮的丞相职位。

# 成语典故

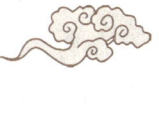

# 夜郎自大

秦汉时,我国西南地区居住着许多部落。汉初,由于朝廷忙着平定内乱和对付北方匈奴的侵犯,没有余力顾及西南地区,而西南的这些部落也很少知道外面的世界。

西南地区的这些部落都很小,他们散住在山中、林间。其中有一支名为"夜郎"的部落,已经算是很大的了。

夜郎部落有个首领名叫多同。在他眼里,夜郎就是天底下最大的国家。一天,他带着随从骑马出外巡游,他们来到一片平坦的土地上,多同扬鞭指着前方说:"你们看!这一望无边的疆土,都是我的,有哪一国能比呢?"

跟随一旁的仆从连忙献媚说:"大王您说得很对,天下哪有比夜郎更大的国家呢!"多同心里沾沾自喜。

他们又来到一大片高山前,多同仰起头,看着巍峨的高山说:"天下还找得到比这更高的山吗?"

随从连忙应和说:"当然找不到,天下哪有比夜郎的山更高的山呢!"

后来,他们来到一条江边,多同跳下马来,指着滔滔江水说:"你们看,这条江又宽又长,这是世界上最长最大的河了。"

随从们没有一个不同意的,都齐声说:"那是肯定的。我们夜郎是天下最大的国家。"

这次出游以后,夜郎国的人更加自大起来。

汉武帝时候,武帝派使者出使印度,经过夜郎国。

夜郎的首领多同从没去过中原,根本不知道中原是怎么回事。于是他派人将汉朝使者请进部落帐中。多同问汉朝使者说:"汉和夜郎相比,哪个

大些?"

汉使者听了多同的问话,不禁哈哈大笑起来,他回答说:"夜郎和汉朝是完全不能相比的。汉朝的州郡就有好几十个,而夜郎的全部地盘还抵不上汉朝一个郡的大小。你看,哪一个大呢?"

多同一听,不禁目瞪口呆,满脸羞愧。生活中也是这样,见识越广的人越懂得谦虚,而见识愈短浅的人反而愈盲目自大。

## 乘凉避露

盛夏时节,酷暑难耐。太阳像个大火炉般挂在天上,无情地炙烤着大地,人们的衣衫都汗湿了一遍又一遍。树上的知了扯开嗓子拼命叫着:"热啊!热啊!"让本来就热得不行的人们心中更添了几许烦躁。

有个郑国人,他家的院子里有一棵大树。于是他就卷了草席带着蒲扇到树荫下面去乘凉。从早到晚太阳慢慢地移动,树影也跟着移动。郑国人发现了这个现象,就也跟着树影不停地挪动他的席子,好总是处在树影中,以免被太阳晒到。随着太阳渐渐居中、偏西,树影由远及近,又由近及远,到了傍晚太阳落山的时候,树影又重新到了树底下,那个郑国人也就跟着回到了树底下。

夜幕降临了,月亮升上了天空,又在树下投下了一片阴影。郑国人又出来乘凉了。他想,晚上有露水,要是被露水沾湿了衣服可怎么办呢?接着又转念道:不怕,还是用白天的老办法,肯定不会有问题的。

于是,树影紧随着月亮的移动而移动,郑国人则紧随着树影的移动来挪动他的席子,满以为这个可以用来躲避太阳的妙法子也一样可以用来躲避露水。可是却没料到,他和树影一起移动得越来越远了。一夜下来,他的衣服和席子都被露水湿透了。这个愚蠢的郑国人,没有想到太阳和月亮

运行的方向是相反的,就生搬硬套白天的老经验。我们可不能学他,要具体情况具体对待,才能真正解决好问题。

# 桑中李树

从前有一个人出门,带了一些李子路上吃。他一路走一路津津有味地嚼着李子,一会儿就吃完了,只剩下几个李子核。把李子核扔到哪里去呢?这人一抬头,见旁边几步路远的地方有一棵桑树,不知道因为什么原因,树干上有一个大洞,里面已经空了。于是他就把核顺手扔进了树洞里。想了想,又弄来些泥土填进树洞将李子核埋上。他这样做倒并不是为了想种出李子来,只是一时好玩罢了,种完就走了,也没有当成一回事。日子一长,他也慢慢把这事给忘了。

那被种下的李子核,下雨时便得到雨水的滋润,在树上栖息的鸟儿拉的粪便成了天然的肥料,时间长了,竟真的发出芽来,长成了一棵李树。有人见到桑树里长出了李树,觉得很神奇,就把这怪事告诉了周围的人。

有个害眼病的人听说了,认为这棵李树可能是一棵神树,就拄着拐杖摸索着来到李树下,向它许愿:"李树啊,您如果能保佑我的眼疾痊愈,我就献给您一头小猪。"他一说完,就觉得眼睛疼得没那么厉害了。又过了些天,他的眼睛竟慢慢变好了。他高兴极了,逢人就说:"桑树里长出的那棵李树治好了我的眼睛,真是一棵神树啊!"然后又准备了小猪,叫人敲锣打鼓地抬到李树下去还愿,附近的人都来看热闹,大家都知道了这棵李树是神树。

就这样,"神树"的事一传十、十传百,很快远近的人就都知道了,而且越传越神:"那棵李树能让盲人重见光明呢!""那棵李树可以医百病呢……"人们都带着祭品慕名而来,祭拜这棵"神树",希望它保佑自己。

过了一年多,当年那个种李树的人又经过这里,听说了"神树"的事,又见到大家争相祭拜它的盛况,就到树边去看个究竟。这一看不要紧,他不禁失笑:"这棵树是我一年前种下的呀,有什么神奇的呢?"

种树人一语中的,"神树"并不神,不过是大家捧出来的罢了。那个害眼病的人病好了只是偶然的,或者根本就只是他自己的心理作用帮他医好了病,哪里又是这棵树保佑的呢?我们遇到非同一般的现象,不要盲从轻信,要以冷静的头脑仔细分析推测,做出科学的解释。

# 对牛弹琴

从前,有个叫公孙仪的人,非常善于弹琴。从他的琴声中能听得出泉水涓涓,也能听得出大海的怒涛;能听得出秋虫唧唧的低鸣,也能听得出小鸟婉转的歌唱。曲调欢乐的时候,会让人禁不住眉开眼笑,曲调悲哀的时候,能使人心酸不已,跟着琴声呜咽。凡是听过他弹琴的人,没有不被他的琴声打动的。

一次,公孙仪弹琴的时候,看到有几

头牛在不远处吃草,不由地突发奇想:"我的琴声,听了的人都说好,牛会不会也觉得好呢?且让我来试一试。"

这样想着,公孙仪就坐到牛旁边,使出浑身的解数,弹了一首名叫《清角》的拿手曲子。这琴声美妙极了,任何人听了都会发出"此曲只应天上有,人间能得几回闻"的感慨。可是那些牛还是静静地低着头吃它们的草,没有丝毫反应,就好像它们不曾听到过什么一样。

公孙仪想了想,又重新弹起琴来。这一次曲调变了,音不成音、调不成调,听上去实在糟糕,很像是一群牛虻扇动翅膀发出的"嗡嗡"声,中间似乎还杂有一头小牛"哞哞"的叫声。

这回牛总算有了反应了,纷纷竖起耳朵、甩着尾巴,迈着细密的小步子走来走去地倾听琴声。牛终于听懂了公孙仪的琴声,那是因为这声音接近于它所熟悉的东西。所以我们解决问题的时候要根据不同事物的不同特点,对症下药地研究解决方法。

# 囫囵吞枣

有几个人闲来无事,在一起聊天。一个年纪大的人对周围几个人说:"吃梨对人的牙齿有好处,不过,吃多了的话是会伤脾的。吃枣呢,正好与吃梨相反,吃枣可以健脾,但吃多了却对牙齿有害。"

人群中一个呆头呆脑的青年人觉得有些疑惑不解,他想了想说:"我有一个好主意,可以吃梨有利牙齿又不伤脾,吃枣健脾又不至于伤牙齿。"

那位年纪大的人连忙问他说:"你有什么好主意,说给我们大家听听!"

那傻乎乎的青年人说:"吃梨的时候,我只是用牙去嚼,却不咽下去,它就伤不着脾了;吃枣的时候,我就不嚼,一口吞下去,这样就不会伤着

牙齿了！"

一个人听了青年说的话，跟他开玩笑说："你这不是将枣囫囵吞下去了吗？"在场的人都哈哈大笑起来，笑得那个青年人抓耳挠腮，更是傻乎乎的了。

这个年轻人自作聪明，如果按他说的办法囫囵吞枣的话，那枣子整个地连核也吞下去了，难以消化，哪还谈得上什么健脾呢？我们学习知识也是这样，如果对所接受的知识不加以分析、消化、理解，只是一味生吞活剥，那是得不到什么收益的。

# 黔驴技穷

古时候，贵州一带没有驴，那里的人们对于驴的相貌、习性、用途等都不熟悉。有个喜欢多事的人，从外地用船运了一头驴回贵州，可是一时又不知该派什么用场，就把它放到山脚下，任它自己吃草、散步。

一只老虎出来觅食吃，远远地望见了这头驴。老虎从来没有见过驴，看到这家伙身躯庞大，耳朵长长的，脚上没有爪，样子挺吓人的。老虎有点害怕，在心里琢磨："妈呀，什么时候跑出这么个怪物来了，看上去似乎不太好惹。还是不要贸然行事，观察一下再说吧。"

连续几天，老虎都只敢躲在密密的树林里面观察驴的行为。后来觉得它好像不是很凶狠，就大着胆子小心翼翼地慢慢靠近它，但还是没有搞清楚它到底是个什么东西。

有一天，老虎正慢慢地接近驴，驴忽然长叫了一声，声音十分响亮。老虎吓了一跳，以为驴想吃掉它，回头转身就跑。跑到较远的地方，老虎又仔仔细细地观察了驴一番，觉得它似乎没什么特别厉害的本领。

又过了几天，老虎渐渐习惯了驴的叫声，于是它又进一步和驴接触，

以便更深入地了解它。老虎终于走到驴身边，围着它又叫又跳，有时还跑过去轻轻挨一下驴的身体再跑开。

驴终于被老虎戏弄得愤怒至极了，就抬起蹄子去踢老虎。开始的时候，老虎还稍有点惊惶，不久见驴已无计可施，终于明白原来驴统共也就这么一点伎俩。

老虎非常高兴，嘲笑驴说："你这个没用的大家伙，原来也就这么几招本事啊！"说着就跳起来扑上去，咬断了驴的喉管，吃光了驴的肉，心满意足地离开了。

貌似庞大的贵州驴，实际上外强中干，没有厉害的本领，以致被老虎摸清了底细，最后葬身在虎口之下。做人要练就真本事，仅靠花哨的外表唬人，是不会长久的。到头来，吃亏的总还是自己。

# 割肉自啖

战国时代，在齐国有一个无名小镇，镇上住着两个自命不凡、爱说大话，喜欢自夸为全世界最勇敢、最顽强、最不怕死的人。他们一个住在城东，一个住在城西。

有一天，这两个自诩为最勇敢的人碰巧同时来到一家酒楼喝酒。他们一先一后进了酒楼后才看见对方。两人相互寒暄了一番后，便选中靠窗的一张又干净又明亮的餐桌相对而坐。不一会儿，酒保送上来了一坛陈年老酒。店小二又替他们剥去坛口上的封口泥，打开了酒坛盖子，一股香气扑鼻而来。店小二替他们各自斟满了一碗酒后，把酒坛子放到桌子上，很客气地退了下去。

这两个"最勇敢"的人喝了一会儿酒，聊了一会儿天，边喝边谈，渐渐觉得有酒无肉实在是有点乏味。其中一个"最勇敢"者提议："老兄，稍

等一会儿再喝。这样光喝酒不吃肉也不是味，我到菜市场去买几斤肉来，叫这酒店厨师加工后端上桌子供我们下酒。咱俩难得在一起，今天喝个痛快。"另一个"最勇敢"者答道："老兄，不必到菜市场去买肉了。你我身上不都长着有肉吗？听人说腿肚子上的肉是精肉，我们将自己随身带的刀在自己身上割下肉来下酒，又新鲜又干净，不是更好吗？只叫店小二端盆酱来蘸着吃就行了。"第一个"最勇敢"者为了表现自己的"勇敢"，只好同意对方的提议。不一会儿，店小二将一盆酱端来了，放在桌子上面。他们每人喝了一碗酒后，各自抽出自己的腰刀，在自己的大腿上割下一大块肉来，血淋淋地放在酱盆里蘸了一下，然后送到自己嘴里咽了下去。就这样，他们每喝一大碗酒，就在各自大腿上割下一大块肉来吃。当时在场的人看到后又惊讶，又害怕，但谁也不敢上前干预。这两个"最勇敢"者在酒楼里一边喝酒，一边吃着从自己身上割下的肉。他们两个人都自称是世界上最勇敢的人，谁也不肯在对方面前认输。就这样，酒一大碗一大碗地喝下去，他们身上的肉也一大块一大块地被割下来；鲜血不断地从他们身上流出，流到地上，流了一大片……不多久，这两个自诩为最勇敢的人都由于失血过多而死去。

"割肉自啖"的故事告诉我们：勇敢本来是很好的品质，它能帮助我们战胜前进道路上的危险和困难。但盲目的逞勇斗狠却是无聊的行为，是愚蠢而可悲的。

# 投鼠忌器

一个人家里面有很多的老鼠。这些老鼠十分猖獗，白天都敢在房子里横冲直撞，在衣柜上、桌子上蹦来跳去，晚上还敢爬到人睡觉的床上，甚

至爬到枕头边，冷不防吓你一大跳。更可恨的是，有些老鼠竟然躲进衣柜里面，在棉衣里面做窝，生儿育女。这家的主人恨死这些老鼠了，可总是很难抓住它们。

一天晚上，这家主人刚刚吹灯睡下，老鼠便开始出来闹腾了。一只大老鼠从衣柜顶上跳下来，碰翻了桌上的油灯，油灯滚到主人床上，油撒在床上，真把主人气坏了。等主人赶紧翻身起床，老鼠早已跑得无影无踪。这家的丈夫咬牙切齿地说："不把这些断子绝孙的老鼠打死，我就誓不为人！"他的妻子也愤愤地说："太可恨了，只要再看到老鼠，我一定要置它于死地！"

一天，一只大老鼠正睡在主人家的一个大古董花瓶上。丈夫走过来看到了，他心里一阵高兴，他想："那天碰翻油灯的老鼠必定是它无疑了，今天叫你撞到我的手心里，这回机会来了，我一定要打死你！"

于是，他操起一根木棍，蹑手蹑脚地走到大花瓶跟前，举起木棍正要砸下去，冷不防被一双手将木棍抓住了，原来是他的妻子从厨房过来看到，紧急救"驾"来的。他妻子一边抓住木棍一边阻止他说："你不能这样！你没看到这是我们家的古董吗？要是把这只大古董花瓶打碎了，那多可惜呀！为了打一只老鼠，未免也太不值了。"

丈夫还举着木棍，不甘心地说："不能就这么便宜了它！"妻子坚持说："算了算了，还是大花瓶重要！"

丈夫没法，只好放下手中的木棍，走上前去，用手把睡在花瓶上的老鼠赶走了。

大老鼠依然回到它的窝里，每天照样出来作祟，而且更加肆无忌惮，因为它已经掌握了主人的弱点。

又想打老鼠，又怕砸坏东西，这样顾虑重重地办事，怎能把事情做好呢？这个故事告诉我们：深思熟虑固然是好事，但是有时候，过分担心往往会使原本简单的事情变得异常复杂。

# 上行下效

有一天,齐景公宴请各位大臣。酒席上,君臣举杯助兴,高谈阔论,直到下午才散。酒后,君臣余兴未尽,大家提出一起射箭比武。轮到齐景公,他举起弓箭,可是一支箭也没射中靶子,然而大臣们却在那里大声喝彩道:"好箭!好箭!"

景公听了,很不高兴,他沉下脸来,把手中的弓箭重重摔在地上,深深地叹了一口气。

正巧,弦章从外面回来,见此情景,连忙走到景公身旁。景公伤感地对弦章说:"弦章啊,我真是想念晏子啊。晏子死了已经十七年了,从那以后,就再也没有人愿意当面指出我的过失。刚才我射箭,明明没有射中,可他们却异口同声地喝彩,真让我难过呀!"

弦章听了,深有感触。他对景公说:"这就是大臣们不贤啊。论智慧,他们不能发现您的过失;谈勇气,他们不敢向您提意见,唯恐冒犯了您。不过呢,话又说回来了,我听说过这么一句话,就是'上行下效'。国君喜欢穿什么衣服,臣子就学着穿什么衣服;国君喜欢吃什么东西,臣子也学着吃什么东西。有一种叫尺蠖的小虫子,吃了黄色的东西,它的身体就变成黄色;吃了蓝色的东西,它的身体就又变成蓝色。刚才您说,十七年来没有人再指出过您的过失,这是否是因为晏子去世后,您就不再喜欢听批评,而只喜欢听奉承话所造成的呢?"

一席话说得齐景公心里亮堂了,他不好意思地点点头说:"是的,只有真心诚意地接受批评,才能经常听到别人对你的批评与建议;如果听到的都是别人恭维自己的话,那恐怕问题就出在自己身上。"

# 飞蛾扑火

一天夜里,林子和客人一起坐在院子里乘凉,天很黑,四周十分安静,只有一支蜡烛在闪着亮,林子同客人一起谈古论今,大家都对人生感叹不已。

这时,一只蛾虫扑打着粉红的翅膀,绕着烛光飞来飞去,还发出细小的嘶嘶声,林子用扇子驱赶飞蛾,它便飞走了。可是刚过一会儿,它又飞过来了,林子又用扇子赶走蛾虫,它飞走不一会儿又飞回来,而且朝烛火不顾一切地扑过去。这样赶走又飞来,赶走又飞来,反复七八次了。终于,蛾虫的翅膀被烛火燎焦了,它再也飞不动了,落在地上,焦头烂额,还在不甘心地挣扎着那已经烤得残破的翅膀,直到没有了一丝气息为止。

看了飞蛾的这般情景,林子感慨地对客人说:"你看这飞蛾扑火该多愚蠢啊!火本来是烧身的,可是它偏偏要不顾死活地去扑火,落得这般下场!"

客人也有同感地叹道:"谁说不是呢?可是,人比飞蛾更甚啊!"

林子说:"是的,世上的声色利欲,引得人们拼命去争夺追逐,何止像这飞蛾扑火?那些循此道路而不怀疑、毁灭了身躯而不后悔的人,岂不是也像这蛾虫一样可悲可怜又落人讥笑吗?"

人们追名逐利,正如飞蛾扑火一般。飞蛾扑火被人们笑其愚蠢;而那些追名逐利以至于身败名裂的人，不是更加可笑吗？

# 涸辙之鲋

庄子家已经贫穷到揭不开锅的地步了，无奈之下，只好硬着头皮到监理河道的官吏家去借粮。监河侯见庄子登门求助，爽快地答应借粮。他说："可以，待我收到租税后，马上借你三百两银子。"

庄子听罢转喜为怒，脸都气得变了色。他愤然地对监河侯说："我昨天赶路到府上来时，半路突听呼救声。环顾四周不见人影，再观察周围，原来在干涸的车辙里躺着一条鲫鱼。"

庄子叹了口气接着说："它见到我，像遇见救星般向我求救。据称，这条鲫鱼原住东海，不幸沦落车辙里，无力自拔，眼看快要干死了。请求路人给点水，救救性命。"

监河侯听了庄周的话后，问他是否给了水救助鲫鱼。

庄子白了监河侯一眼，冷冷地说："我说可以，等我到南方，劝说吴王和越王，请他们把西江的水引到你这儿来，把你接回东海老家去！"

监河侯听傻了眼，对庄子的救助方法感到十分荒唐："那怎么行呢？"

"是啊，鲫鱼听了我的主意，当即气得睁大了眼，说眼下断了水，没有安身之处，只需几桶水就能解困，你说的所谓引水全是空话大话，不等你把水引来，我早就成了鱼市上的干鱼啦！"

庄子揭露了监河侯假大方，真吝啬的伪善面目。这则成语讽刺说大话，讲空话，不解决实际问题之人的惯用伎俩。老实人的态度是少说空话，多办实事。

# 坐井观天

从前,在一口废弃的井中,住着一只青蛙。有一天,一只从东海来的大鳖落在了井边。两只小动物聊起天来。

青蛙得意扬扬地对海鳖夸口说:"你看,我住在这里多么舒服呀!如果我高兴,就可以在井边跳跃游玩,如果我累了,就到井壁的石洞里休憩。有时候把身子舒服地泡在水里,有时候愉快地在稀泥中散步。你看旁边的那些小虫、螃蟹和蝌蚪,它们谁都比不上我呀!我独自占据这口废井,我就是这里的主宰!朋友,你为什么不经常来我的井中观赏游玩呢?"

海鳖听了青蛙的一番言论,就想进入井中看看。可它的左脚还没有完全伸进去,右脚就已经被井栏绊住了。它只好后退几步,把它见到的大海描述给青蛙听:"你见过大海吗?海的广大,岂止千里;海的深度,不止千丈。古时候,十年里就有九年闹水灾,海水却不会因此增多;八年里就有七年闹旱灾,海水却不会因此而减少。大海不受旱涝影响,住在广阔无垠的大海里才是真正的快乐!你活在小小的井里,怎么能体会到世界的广阔呢?"

唐朝大文学家韩愈在《原道》中道:"坐井而观天,曰天小者,非天小也。"意思是说,坐在井里观察天空,就会觉得天很小很小。其实,天的大小从来不曾变,变得只是看天人的眼界。

根据这个故事衍生出两个成语,"井底之蛙"和"坐井观天"。井底之蛙讽喻那些见识狭窄、短浅,而又盲目自大、不接受新事物、不识大局的人。"坐井观天"形容人的眼界狭小,见识有限。

# 画蛇添足

有个楚国贵族，在祭祀祖宗后，把一壶祭酒赏给门客们喝。门客们拿着这壶酒，不知如何处理。他们觉得，这么多人喝一壶酒，肯定不够，还不如干脆给一个人喝，喝得痛痛快快还好些。可是到底给谁好呢？于是，门客们商量了一个好主意，就是每个人各自在地上画一条蛇，谁先画好，这壶酒就归谁喝。大家都同意这个办法。

门客们一人拿一根小棍，开始在地上画蛇。有一个人画得很快，不一会儿就把蛇画好了，于是他把酒壶拿了过来。他正要喝时，见其他人还没把蛇画完，他便十分得意地又拿起小棍，自言自语地说："看我再来给蛇添上几只脚，他们也未必能画完。"边说边给画好的蛇画脚。

不料，这个人给蛇画脚还没完，手上的酒壶便被旁边一个人一把抢了过去，原来，那个人的蛇画完了。

这个给蛇画脚的人不依，说："我最先画完蛇，酒应归我喝！"

对方笑着说："你到现在还在画，而我已完工，酒当然是我的！"

画蛇脚的人争辩说:"我早就画完了,现在是趁时间还早,不过是给蛇添几只脚而已。"

那人笑着说:"蛇本来就没有脚,你要给它添几只脚,那你就添吧,酒反正你是喝不成了!"

抢酒壶那人毫不客气地喝起酒来,那个给蛇画脚的人却眼巴巴看着本属自己而现在已被别人拿走的酒,后悔不已。节外生枝,卖弄自己,结果往往弄巧成拙,不正像这个画蛇添足的人吗?

# 后来居上

汉武帝时,朝中有三位有名的臣子:汲黯、公孙弘和张汤。这三个人虽然同时在汉武帝手下为臣,但他们的情况却很不一样。

汲黯进京供职时,资历已经很深且官职也已经很高了,而当时的公孙弘和张汤两个人还只不过是个小官,职位低得很。可是由于他们为人处事恰到好处,加上政绩显著,因此,公孙弘和张汤都一步一步地被提拔起来,直到公孙弘封了侯又拜为相国,张汤也升到了御史大夫,两人官职都排在汲黯之上了。

汲黯的业绩原本就不及公孙弘、张汤,可他偏偏心胸狭窄,眼看过去远在自己之下的小官都已官居高位,心里很不服气,总想要找个机会跟皇帝评评这个理。

有一天散朝后,文武大臣们陆续退去,汉武帝慢步踱出宫,正朝着通往御花园的花径走去。汲黯赶紧趋步上前,对汉武帝说:"陛下,有句话想说给您听,不知是否感兴趣?"

汉武帝回过身停下,说:"不知是何事,不妨说来听听。"

汲黯说:"皇上您见过农人堆积柴草吗?他们总是把先搬来的柴草铺在

底层，后搬来的反而放在上面，您不觉得那先搬来的柴草太委屈了吗？"

汉武帝有些不解地看着汲黯说："你说这些，是什么意思呢？"

汲黯说："你看，公孙弘、张汤那些小官，论资历论基础都在我之下，可现在他们却一个个后来居上，职位都比我高多了，皇上您提拔官吏不是正和那堆放柴草的农人一样吗？"

几句话说得汉武帝很不高兴，他觉得汲黯如此简单、片面地看问题，是不通情理的。他本想贬斥汲黯，可又想到汲黯是位老臣，便只好压住火气，什么也没说，拂袖而去。此后，汉武帝对汲黯更是置之不理，他的官职也只好原地踏步了。

后来者居上，原本是客观事物的发展规律，这就要看我们从哪个角度来看这个问题。汲黯认为提拔人才一定要论资排辈，反对后来居上，是不可取的。

# 割席断交

管宁和华歆在年轻的时候，是一对非常要好的朋友。他俩成天形影不离，同桌吃饭、同榻读书、同床睡觉，相处得很和谐。

有一次，他俩一块儿去劳动，在菜地里锄草。两个人努力干着活，顾不得停下来休息，一会儿就锄好了一大片。

只见管宁抬起锄头，一锄下去，碰到了一个硬东西。管宁好生奇怪，将锄到的一大片泥土翻了过来。黑黝黝的泥土中，有一个黄澄澄的东西闪闪发光。管宁定睛一看，是块黄金，他就自言自语地说了句："我当是什么硬东西呢，原来是锭金子。"接着，他不再理会了，继续锄他的草。

"什么？金子！"不远处的华歆听到这话，不由地心里一动，赶紧丢下锄头奔了过来，拾起金块捧在手里仔细端详。

管宁见状，一边挥舞着手里的锄头干活，一边责备华歆说："钱财应该是靠自己的辛勤劳动去获得，一个有道德的人是不可以贪图不劳而获的财物的。"

华歆听了，口里说："这个道理我也懂。"手里却还捧着金子左看看、右看看，怎么也舍不得放下。后来，他实在被管宁的目光盯得受不了了，才不情愿地丢下金子回去干活。可是他心里还在惦记金子，干活也没有先前努力，还不住地唉声叹气。管宁见他这个样子，不再说什么，只是暗暗地摇头。

又有一次，他们两人坐在一张席子上读书。正看得入神，忽然外面沸腾起来，一片鼓乐之声夹杂着鸣锣开道的吆喝声和人们看热闹吵吵嚷嚷的声音。于是管宁和华歆就起身走到窗前去看究竟发生了什么事。

原来是一位达官显贵乘车从这里经过。一大队随从佩戴着武器、穿着统一的服装前呼后拥地保卫着车子，威风凛凛。再看那车饰更是豪华：车身雕刻着精巧美丽的图案，车上蒙着的车帘是用五彩绸缎制成，四周装饰着金线，车顶还镶了一大块翡翠，显得富贵逼人。

管宁对于这些很不以为然，又回到原处捧起书专心致志地读起来，对外面的喧闹完全充耳不闻，就好像什么都没有发生一样。

华歆却不是这样，他完全被这种张扬的声势和豪华的排场吸引住了。他嫌在屋里看不清楚，干脆连书也不读了，急急忙忙地跑到街上去跟着人群尾随车队细看。

管宁目睹了华歆的所作所为，再也抑制不住心中的叹惋和失望。等到华歆回来以后，管宁就拿出刀子当着华歆的面把席子从中间割成两半，痛心而决绝地宣布："我们两人的志向和情趣太不一样了。从今以后，我们就像这被割开的草席一样，再也不是朋友了。"

真正的友谊，应该是建立在共同的思想基础和奋斗目标上，一起追求、进步。没有内在精神的默契，只有表面的亲热，这样的朋友是无法真正沟通和理解的，也就失去做朋友的意义了。

# 四面楚歌

公元前202年,项羽和刘邦原来约定以鸿沟(今河南荣县境贾鲁河)东西边作为界限,互不侵犯。

后来刘邦听从张良和陈平的规劝,觉得应该趁项羽衰弱的时候消灭他,就又和韩信、彭越、刘贾会合兵力追击正在向东开往彭城(即今江苏徐州)的项羽部队。经过几次激战,最终韩信使用十面埋伏的计策,布置了几层兵力,把项羽紧紧围在垓下(今安徽灵璧县东南)。这时,项羽手下的兵士已经很少,粮食又没有了,夜间听见四面围住他的军队都唱起楚地的民歌,不禁非常吃惊地问:"刘邦已经得到楚地了吗?"

"为什么他的部队里面楚人这么多呢?"说着,项羽心里已丧失了斗志,便从床上爬起来,在营帐里面喝酒,以酒解忧,自己吟了一首诗,诗曰:"力拔山兮气盖世,时不利兮骓不逝,骓不逝兮可奈何,虞兮虞兮奈若何。"

意思是:"力量能搬动大山啊气势超压当世,时势对我不利啊骏马不能奔驰。骏马不能奔驰啊如何是好,虞姬虞姬啊我该怎样安排你!"他与他最宠爱的妃子虞姬一同唱和。歌数阕,直掉眼泪,在一旁的人也非常难过,都低着头一同哭泣。唱完,虞姬自刎于项羽的马前,项羽英雄末路,带了800余名骑士突围,最终只余下28人。他感到无颜面对江东父老,最终自刎于江边,刘邦独揽天下。

因为这个故事里面有项羽听见四周唱起楚歌,感觉吃惊,接着又失败自杀的情节,所以后人就用"四面楚歌"这句话,形容人们遭受各方面攻击或逼迫的人事环境,而致陷于孤立窘迫的境地。

人生历程上,日常生活中,好好做人,脚踏实地地做事,若是行差踏错,就难免会遭受"四面楚歌"的厄运。

# 指鹿为马

秦二世时,丞相赵高野心勃勃,日夜盘算着要篡夺皇位。可朝中大臣有多少人能听他摆布,有多少人反对他,他心中没底。于是,他想了一个办法,准备试一试自己的威信,同时也可以摸清敢于反对他的人。

一天上朝时,赵高让人牵来一只鹿,满脸堆笑地对秦二世说:"陛下,我献给您一匹好马。"秦二世一看,心想:这哪里是马,这分明是一只鹿嘛!便笑着对赵高说:"丞相搞错了,这里是一只鹿,你怎么说是马呢?"赵高面不改色心不慌地说:"请陛下看清楚了,这的的确确是一匹千里好马。"秦二世又看了看那只鹿,将信将疑地说:"马的头上怎么会长角呢?"赵高一看时机到了,转过身,用手指着众大臣们,大声说:"陛下如果不信我的话,可以问问众位大臣。"

大臣们都被赵高的一派胡言搞得不知所措,私下里嘀咕:这个赵高搞什么名堂?是鹿是马这不是明摆着吗!当看到赵高脸上露出阴险的笑容,两只眼睛骨碌碌地轮流盯着每个人的时候,大臣们忽然明白了他的用意。

一些胆小又有正义感的人都低下头,不敢说话,因为说假话对不起自己的良心,说真话又怕日后被赵高所害。有些正直的人,坚持认为是鹿而不是马。还有一些平时就紧跟赵高的奸佞之人立刻拥护赵高的说法,对皇上说:"这的确是一匹千里马!"

事后,赵高通过各种手段把那些不顺从自己的正直大臣纷纷治罪,甚至满门抄斩。这

个成语比喻故意颠倒黑白，混淆是非，含贬义。

# 东施效颦

春秋时期，越国有一位美女名叫西施。她的美貌可说是倾国倾城。无论是她的举手投足，还是她的音容笑貌，样样都惹人喜爱。西施略用淡妆，衣着朴素，走到哪里，哪里就有很多人向她行"注目礼"，没有人不惊叹她的美貌。

西施患有心口疼的毛病。有一天，她的病又犯了，只见她手捂胸口，双眉皱起，流露出一种娇媚柔弱的女性美。当她从乡间走过的时候，乡人无不睁大眼睛注视。

乡下有一个丑女子，名字叫东施，不仅相貌难看，而且没有修养。她平时动作粗俗，说话粗声大气，却一天到晚做着当美女的梦。今天穿这样的衣服，明天梳那样的发式，却仍然没有一个人说她漂亮。

这一天，她看到西施捂着胸口、皱着双眉的样子竟博得这么多人的青睐，因此回去以后，她也学着西施的样子，手捂胸口、紧皱眉头，在村里走来走去。哪知东施的矫揉造作使她原本就丑陋的样子更难看了。其结果，乡间的富人看见东施的怪模样，马上把门紧紧关上；乡间的穷人看见东施走过来，马上拉着妻子、带着孩子远远地躲开。人们见了这个怪模怪样、模仿西施心口疼在村里走来走去的丑女人简直像见了瘟神一般。

东施只知道西施皱眉的样子很美，却是不知道她为什么会很美，就模仿西施的样子，结果被人讥笑。所以说，盲目模仿别人的做法是愚蠢的。

# 凿壁偷光

西汉时期,有个农民的孩子,叫匡衡。他小时候很想读书,可是因为家里穷,没钱上学。后来,他跟一个亲戚学认字,才有了看书的能力。

匡衡买不起书,只好借书来读。那个时候,书是非常贵重的,有书的人不肯轻易借给别人。匡衡就在农忙的时节,给有钱的人家打短工,不要工钱,只求人家借书给他看。

过了几年,匡衡长大了,成了家里的主要劳动力。他一天到晚在地里干活,只有中午歇晌的时候,才有工夫看一点书,所以一卷书常常要十天半月才能够读完。匡衡很着急,心里想:白天种庄稼,没有时间看书,我可以多利用一些晚上的时间来看书。可是匡衡家里很穷,买不起点灯的油,怎么办呢?

有一天晚上,匡衡躺在床上背白天读过的书。背着背着,突然看到东边的墙壁上透过来一线亮光。他霍地站起来,走到墙壁边一看,原来从壁缝里透过来的是邻居的灯光。于是,匡衡想了一个办法:他拿了一把小刀,把墙缝挖大了一些。这样,透过来的光亮也大了,他就凑着透进来的灯光,读起书来。

匡衡就是这样刻苦地学习,后来成了一个很有学问的人。

这则成语写了匡衡少年时读书的两件事,一件是凿壁偷光,一件是借书苦读。它赞扬了匡衡勇于战胜艰苦的条件,勤奋读书的精神,为我们树立了刻苦读书的好榜样。

# 朝三暮四

宋国有一名叫狙公的人,十分喜爱猕猴。为了观赏这种似人非人、富有灵性的动物,他专门喂养了一群猕猴。狙公与猕猴相处久了,人猴之间的信息沟通就成了一种心领神会的交流。不仅狙公可以从猕猴的一举一动和喜怒哀乐中看出这种动物的欲望,而且猕猴也能从狙公的表情、话音和行为举止中领会人的意图。

因为狙公养的猕猴太多,每天要消耗大量的瓜菜和粮食,所以他必须节制家人的消费,把俭省下来的食物拿去给猕猴吃。然而一个普通的家庭哪有财力物力满足一群猕猴对食物的长期需求呢?有一天,狙公发觉家里的存粮难以维持到新粮入库的时候,必须开始限制猕猴的食量。

猕猴这种动物不像猪、羊、鸡、犬,后者吃不饱时仅仅只是哼哼叫叫,或者外出自由觅食。对于猕猴,如果不提供良好的待遇,想让它们安分守己是办不到的。它们会像一群顽皮的孩子,经常给人闹一些恶作剧。既然没有条件让猕猴吃饱,又不能让它们肆意捣乱,狙公只好想主意去安抚它们。狙公家所在的村子旁边,有一棵高大的栎树。每年夏天,栎树枝杈上长出的密密麻麻的长圆形树叶,早已把树冠装点得像一顶华盖。这棵树下成了人们休息、纳凉的好地方。一到秋天,栎树上结满了一种猕猴爱吃的球形坚果橡子。在口粮不足的情况下,用橡子去给猕猴解馋充饥是个好办法。于是狙公对猕猴说:"今后你们每天饭后,另外再吃一些橡子。你们每天早上吃三粒,晚上吃四粒,这样够不够?"猕猴只弄懂了狙公前面说的一个"三"。一个个立起身子,对着狙公叫喊发怒。它们嫌狙公给的橡子太少。狙公见猕猴不肯驯服,就换了一种方式说道:"既然你们嫌我给的橡子太少,那就改成每天早上给四粒,晚上给三粒,这样总够了吧?"猕猴把狙公前面说的一个"四"当成全天多得了橡子,所以马上安静下来,眨着眼睛,挠着腮帮,露出高兴的神态。

一群辨不清"朝三暮四"和"暮四朝三"孰多孰少的愚蠢的猕猴,恰似那些没有头脑、只会盲目计较的人的一面镜子。不过,在另一方面,我们也应该认识到,在复杂的客观世界面前,看问题必须摒除实同形异的假象的诱惑。此外,在人际关系中,一定要讲原则、重信义,不做那种朝亲"三",暮近"四"的见异思迁之人。

## 闻鸡起舞

晋代的祖逖胸怀坦荡、有远大的抱负。可他小时候却是个不爱读书的淘气孩子。进入青年时代,他意识到自己知识的贫乏,深感不读书无以报效国家,于是就发奋读书。他广泛阅读书籍,认真学习历史,从中汲取了丰富的知识,学问大有长进。他曾几次进出京都洛阳,接触过他的人都说,祖逖是个能辅佐帝王治理国家的人才。祖逖24岁的时候,曾有人推荐他去做官,他没有答应,仍然不懈地努力读书。

后来,祖逖和幼时的好友刘琨一同担任司州主簿。他与刘琨感情深厚,不仅常常同床而卧,同被而眠,而且还有着共同的远大理想:建功立业,复兴晋国,成为国家的栋梁之材。

一次,半夜里祖逖在睡梦中听到公鸡的鸣叫声,他一脚把刘琨踢醒,对他说:"别人都认为半夜听见鸡叫不吉利,我偏不这样想,咱们干脆以后听见鸡叫就起床练剑如何?"

刘琨欣然同意。于是他们每天鸡叫后就起床练剑,剑光飞舞,剑声铿锵。冬去春来,寒来暑往,从不间断。功夫不负有心人,经过长期的刻苦学习和训练,他们终于成为能文能武的全才,既能写得一手好文章,又能带兵打胜仗。

后来,祖逖被封为镇西将军,实现了他报效国家的愿望;刘琨做了征

北中郎将，兼管并、冀、幽三州的军事，也充分发挥了他的文才武略。这个故事告诉我们只有不断努力，才有可能获得成功。不经过努力奋斗，就不能成就事业。

# 自相矛盾

楚国有个人在集市上既卖盾又卖矛，为了招揽顾客，他夸大其词地高声叫卖。

他首先举起了手中的盾，向着过往的行人大肆吹嘘："列位看官，请瞧我手上的这块盾牌，这可是用上好的材料锻造而成的好盾呀，质地特别坚固，任凭您用什么锋利的矛也不可能戳穿它！"一番话说得人们纷纷围拢来，仔细观看。

接着，这个楚人又拿起了靠在墙根的矛，更加肆无忌惮地夸口："诸位豪杰，再请看我手上的这根长矛，它可是经过千锤百炼打制出来的好矛呀，矛头特别锋利，不论您用如何坚固的盾来抵挡，也会被我的矛戳穿！"此番大话一经出口，听的人目瞪口呆。

过了一会儿，只见人群中站出一条汉子，指着那位楚人问道："你刚才说，你的盾坚固无比，无论什么矛都不能戳穿；而你的矛又是锋利无双，无论什么盾都不可抵挡。那么请问，如果我用你的矛来戳你的盾，结果又将如何？"楚人听了，无言以对，只好涨红着脸，赶紧收拾好他的矛和盾，灰溜溜地逃离了集市。

这个楚人说话太过绝对，不能自圆其说，难免陷入尴尬境地。要知道，戳不破的盾与戳无不破的矛是不可能并存于世的。因此，我们无论做事说话，都要注意留有余地，不要做满说绝走极端。

# 好谀亡国

虢国的国君平日里只爱听好话,听不得反面的意见,在他的身边围满了只会阿谀奉承而不会治国的小人,直至有一天虢国终于亡国。那一群误国之臣也一个个作鸟兽散状,没有一个人愿意顾及国君,虢国的国君总算侥幸地跟着一个车夫逃了出来。

车夫驾着马车,载着虢国国君逃到荒郊野外,国君又渴又饿,垂头丧气,车夫赶紧送上清酒、肉脯和干粮,让国君吃喝。国君感到奇怪,车夫哪来的这些食物呢?于是他在吃饱喝足后,便擦擦嘴问车夫:"你从哪里弄来这些东西呢?"

车夫回答:"我事先准备好的。"

国君又问:"你为什么会事先做好这些准备呢?"

车夫回答:"我是专替大王您做的准备,以便在逃亡的路上好充饥、解渴呀。"

国君不高兴地又问:"你知道我会有逃亡的这一天吗?"

车夫回答说:"是的,我估计迟早会有这一天。"

国君生气了,不满地说:"既然这样,为什么过去不早点告诉我?"

车夫说:"您只喜欢听奉承的话。如果是提意见的话,哪怕再有道理您也不爱听。我要给您提意见,您一定听不进去,说不定还会把我处死。要是那样,您今天便会连一个跟随的人也没有,更不用说谁来给您吃的喝的了。"

国君听到这里,气愤至极,紫涨着脸指着车夫大声吼叫。

车夫见状,知道这个昏君真是无可救药,死到临头还不知悔改。于是连忙谢罪说:"大王息怒,是我说错了。"

两人都不说话,马车走了一程,国君又开口问道:"你说,我到底为什么会亡国而逃呢?"

车夫这次只好改口说:"是因为大王您太仁慈贤明了。"

国君很感兴趣地接着问:"为什么仁慈贤明的国君不能在家享受快乐,过安定的日子,却要逃亡在外呢?"

车夫说:"除了大王您是个贤明的人外,其他所有的国君都不是好人,他们嫉妒您,才造成您逃亡在外的。"

国君听了,心里舒服极了,一边坐靠在车前的横木上,一边美滋滋地自言自语:"唉,难道贤明的君主就该如此受苦吗?"他头脑里一片昏昏沉沉,十分困乏地枕着车夫的腿睡着了。

这时,车夫总算是彻底看清了这个昏庸无能的虢国国君,他觉得跟随这个人太不值得。于是车夫慢慢从国君头下抽出自己的腿,换一个石头给他枕上,然后离开国君,头也不回地走了。最后,这位亡国之君死在了荒郊野外,被野兽吃掉了。如果一个人只爱听奉承话,听不进批评意见,又一味执迷不悟,一意孤行,其后果将是十分可悲的。

# 墨守成规

有一回,楚国要攻打宋国,鲁班为楚国特地设计制造了一种云梯,准备攻城之用。那是墨子正在齐国,得到这个消息,急忙赶到楚国去劝阻,一起走了十天十夜,到了楚国的郢都立刻找到鲁班一同去见楚王。墨子竭力说服楚王和鲁班别攻宋国。楚王终于同意了,但是他们都舍不得放弃新

造起来的攻城器械,想在实战中试试它的威力。

墨子说:"那好,咱们就当场试试吧。"说着,解下衣带,围作城墙,用木片作为武器,让鲁班同他分别代表攻守两方进行表演。鲁班多次使用不同方法攻城,多次都被墨子挡住了。鲁班攻城的器械已经使尽,而墨子守城计策还绰绰有余。

鲁班不肯认输,说道:"我有办法对付你,但是我不说。"

墨子说:"我知道你要怎样对付我,但是我也不说。"楚王听不懂,问是什么意思。

墨子说:"公输子是想杀我。他以为杀了我,就没有人帮宋国守城了。他哪里知道我的门徒约有三百人早已守在那里等着你们去进攻。"

楚王眼看没有把握取胜,便说:"好了,我决定不攻打宋国了。"

因为墨子善守,后来就把牢守称为"墨守"。但这个"守"一般都已不指守城,而多指守旧,成了贬义词了。

"墨守成规"和"故步自封"都含有"因循守旧,不求进步或革新"的意思。但"墨守"偏重于固执地按老一套办事,不肯改进;"故步自封"偏重于不求进取。

## 杞人忧天

在我国历史上的春秋时期,有一个杞国人,总是担心有一天会突然天塌地陷,自己无处安身。他为此事而愁得成天吃饭不香,睡觉不宁。

后来,他的一个朋友得知他的忧虑之后,担心这样下去会损害他的健康,于是特意去开导他说:"天,不过是一些积聚的气体而已。而气体是无处不在的,比如你抬腿弯腰,说话呼吸,都是在天际间活动,为什么你还要担心天会塌下来呢?"

那个杞国人听了,仍然心有余悸地问:"如果天是一些积聚的气体,那么天上的太阳、月亮、星星,会不会掉下来呢?"

他的朋友继续解释:"太阳、月亮、星星,也都只是一些会发光的气团,即使掉下来了,也不会伤人的。"

可是杞国人的忧虑还没有完,他接着问:"那要是地陷下去了呢?又该怎么办?"

他的朋友又说:"地,不过是些堆积的石块而已,它填塞在东南西北四方,没有什么地方没有石块。比如,你站着踩着,都是在地上行走,为什么要担心它会陷下去呢?"

杞国人听了朋友的这一番开导之后,终于放下心来,十分高兴。他的朋友也为他不再因无端的忧愁而伤身体,感到欣慰。

其时,有位楚国的思想家名叫长卢子,在听说了杞国人和朋友的对话之后,不以为然,他笑着评论道:"那些彩虹呀,云雾呀,风雨呀,一年四季的变化呀,所有这些积聚的气体共同构成了天;而那些山岳呀,河海呀,金木火石呀,所有这些堆积物共同构成了地。既然你知道天就是积气,地就是积块,你怎么能断定天与地不会发生变化呢?依我看,所谓天地,不过是宇宙间的一个小小物体,但它在有形之物中又是最大的一种,其本身并未终结,难以穷尽;因此人们对这件事也很难想象,不易认识,这都是很自然的。杞国人担心天会塌地会陷,这确实有点想得太远;然而他的朋友却说天塌地陷是根本不可能的,这也不对。天与地不可能不坏,而且终究是要坏的,有朝一日它真的要坏了,人们又怎么能不担心呢?"

对于这场争论,战国时的郑人列御寇也有说法。他认为:"说天与地会坏,是荒谬的;说天与地不会坏,也是荒谬的。天地到底会不会坏,我们目前尚不知道。不过,说天地会坏是一种见解,说天地不会坏也是一种见解。这就好像活人不知道死者的滋味,死者也不知道活人的情形;未来不晓得过去,过去也不能预测未来。既然如此,天地究竟会不会坏,我又何必放在心上呢?"

毫无疑问，如果用今天的科学常识来看待天和地，我们完全可以断言，那个杞国人和他的朋友，以及古代思想家长卢子和列御寇的观点都有偏颇。但这则故事说明：对于一个所处时代无法认知和解决的问题，人们不应该陷入无休止的忧愁之中而无力自拔。人生还是要豁达些好。

# 刻舟求剑

有一个楚国人出门远行。他在乘船过江的时候，一不小心，把随身带的剑落到江中的急流里去了。船上的人都大叫："剑掉进水里了！"

这个楚国人马上用一把小刀在船舷上刻了个记号，然后回头对大家说："这是我的剑掉下去的地方。"

众人疑惑不解地望着那个刀刻的印记。有人催促他说："快下水去找剑呀！"

楚国人说："慌什么，我有记号呢。"

船继续前行，又有人催他说："再不下去找剑，这船越走越远，剑就找不回来了。"

楚国人依旧自信地说:"不用急,不用急,记号刻在那儿呢。"

直至船行到岸边停下后,这个楚国人才顺着他刻有记号的地方下水去找剑。可是,他怎么能找得到呢。掉进江里的剑是不会随着船行走的,而船和船舷上的记号却在不停地前进。等到船行至岸边,船舷上的记号与水中剑的位置早已风马牛不相及了。这个楚国人在岸边船下的水中,费了好大一番工夫,结果毫无所获,还招来了众人的讥笑。

这则成语告诉我们,用静止的眼光去看待不断发展变化的事物,必然要犯脱离实际的错误。

# 望梅止渴

东汉末年,曹操带兵去攻打张绣,一路行军,走得非常辛苦。时值盛夏,太阳挂在空中,散发着巨大的热量,大地都快被烤焦了。曹操的军队已经走了很多天了,十分疲乏。这一路上又都是荒山秃岭,没有人烟,方圆数十里都没有水源。将士们想尽了办法,始终都弄不到一滴水喝。头顶烈日,战士们一个个被晒得头昏眼花,大汗淋漓,可是又找不到水喝,大家都口干舌燥,感觉喉咙里好像着了火,许多人的嘴唇都干裂得不成样子,鲜血直淌。每走几里路,就有人倒下中暑死去,就是身体强壮的士兵,也渐渐地快支持不住了。

曹操目睹这样的情景,心里非常焦急。他策马奔向旁边一个山冈,在山冈上极目远眺,想找个有水的地方。可是他失望地发现,龟裂的土地一望无际,干旱的地区大得很。再回头看看士兵,一个个东倒西歪,早就渴得受不了,看上去怕是难以再走多远了。

曹操是个聪明的人,他在心里盘算道:这一下可糟糕了,找不到水,这么耗下去,不但会贻误战机,还会有不少的人马要损失在这里,想个什

么办法来鼓舞士气,激励大家走出干旱地带呢?

曹操想了又想,突然灵机一动,脑子里蹦出个好点子。他就在山冈上,抽出令旗指向前方,大声喊道:"前面不远的地方有一大片梅林,结满了又大又酸又甜的梅子,大家再坚持一下,走到那里吃到梅子就能解渴了!"

战士们听了曹操的话,想起梅子的酸味,就好像真的吃到了梅子一样,口里顿时生出了不少口水,精神也振作起来,鼓足力气加紧向前赶去。就这样,曹操终于率领军队走到了有水的地方。

曹操利用人们对梅子酸味的条件反射,克服了干渴的困难。可见人们在遇到困难时,不要一味畏惧不前,应该时时用对成功的渴望来激励自己,就会有足够的勇气去战胜困难,到达成功的彼岸。

## 围魏救赵

战国时期,魏国派军队进攻赵国。魏国的军队很快包围了赵国首都邯郸,情况十分危急。赵国眼看抵挡不住魏的攻势,赶紧派人向齐国求救。

齐国大将田忌受齐王派遣,准备率兵前去解救邯郸之围。这时,他的军师孙膑赶紧劝他说:"要想解开一团乱麻,不能用强扯硬拉的办法;要想制止正打斗得难分难解的双方,不宜用刀枪对他们一阵乱砍乱刺;要想援救被攻打的一方,只需要抓住进犯者的要害,捣毁它空虚的地方。眼下魏军全力以赴攻赵,精兵锐将势必已倾巢出动,国内肯定只剩下老弱残兵,国内势必空虚。如果我们此时抓住时机,直接进军魏国,攻打魏国都城大梁,魏军必定会回师来救,这样,不是就解了赵国之围吗?"

一席话说得田忌茅塞顿开,他十分赞赏地说:"先生真是英明高见,令人佩服。"

孙膑接着又补充说："还有一点，魏军从赵国撤回，长途往返行军，必定疲惫不堪。而我军则趁此时机，以逸待劳，只需在魏军经过的险要之处布好埋伏，一举打败他们不在话下。"

田忌叹服孙膑的精辟分析，立即下令按孙膑的策略行事，直奔魏国首都大梁，而且把要攻打大梁的声势造得很大，一边却在魏军回师途中设下埋伏。

果然，魏军得知都城被围，慌忙撤了攻赵的军队回国。在匆忙跋涉的途中，人马行至桂陵一带，不料齐军擂鼓鸣金，冲杀出来。魏军始料不及，仓皇抵御，哪里战得过有着充分准备的齐军。魏军被杀得丢盔弃甲，还没来得及解救都城，便几乎全军覆没。这次战争，齐军大获全胜，赵国也得到了解救。

其实，事物之间是相互制约的，看问题不能就事论事或只注意比较显露的因素，而要抓住问题的关键和要害，这样来解决问题可能更为见效。

# 曹冲称象

三国时期，魏王曹操有个小儿子，名字叫曹冲。曹冲自幼聪明伶俐、智慧过人，深得曹操的宠爱。曹冲做事爱动脑筋、勤于思考，只有五六岁的年纪，就可以想出办法来解决一些连大人都束手无策的问题。

有一天，吴王孙权派人给曹操送来了一头大象做礼物。北方是没有大象的，曹操第一次见到这样的庞然大物，心下很是好奇，就问送大象来的人说："这头大象究竟有多重呢？"来人回答："鄙国从来没有称过大象，也没有办法称，所以不知道大象有多重。早就听说魏王才略过人，手下谋士众多，个个都智慧超群，请您想个办法称称大象的重量，也让我等领教一下北方大国的风范。"

曹操顿时明白这是孙权给他出的一道难题，他可绝对不能丢这个面子，让国威受损。于是他召集群臣，传令下去：能称出大象重量的人，重重有赏。大家都绞尽了脑汁，苦苦思索。有人说要做一杆大秤，曹操反驳说就是做出来了，也没有人能提得动啊。有人说要把大象锯成一块块地零称，曹操斥责说怎么可能把吴国送的礼物毁坏成这样呢。人们你一言我一语，就是没人想出一个切实可行的办法。

就在大伙儿都一筹莫展之际，小曹冲忽然走到曹操身边说道："父王别着急，我有办法，我们可以先把大象牵到船上，在船帮齐水处作个记号，再将大象牵走，把石头运到船上去，一直到船到达先前作的记号为止，这时石头的重量就和大象的重量相等了。然后，我们再把石头分别称一称，把这些重量加起来，不就知道大象有多重了吗？"

曹操听了大喜，众人也对曹冲的聪慧赞叹不已。就这样，大象的重量终于被称出来了。

两千多年前，幼小的曹冲就有这样惊人的智慧，怎不叫人称赞。这个故事启发我们在现实生活中遇事要多动脑筋，经常锻炼自己的思维能力，使人变得越来越聪明。

# 庖丁解牛

这一天,庖丁被请到文惠君的府上,为其宰杀一头肉牛。只见他用手按着牛,用肩靠着牛,用脚踩着牛,用膝盖抵着牛,动作极其熟练自如。他在将屠刀刺入牛身时,那种皮肉与筋骨剥离的声音,与庖丁运刀时的动作互相配合,显得是那样和谐一致,美妙动人。他那宰牛时的动作就像踏着商汤时代的乐曲《桑林》起舞一般,而解牛时所发出的声响也与尧乐《经首》十分合拍。

站在一旁的文惠君不觉看呆了,他禁不住高声赞叹道:"啊呀,真了不起!你宰牛的技术怎么会这么高超呢?"

庖丁赶紧放下屠刀,对文惠君说:"我做事比较喜欢探究事物的规律,因为这比一般的技术技巧要更高一筹。我在刚开始学宰牛时,因为不了解牛的身体构造,眼前所见无非就是一头头庞大的牛。等到我有了三年的宰牛经历以后,我对牛的构造就完全了解了。我再看牛时,出现在眼前的就不再是一头整牛,而是许多可以拆卸下来的零件了!现在我宰牛多了以后,就只需用心去感应,而不必再用眼睛去看了。我知道牛的什么地方可以下刀,什么地方不能。我可以娴熟自如地按照牛的生理构造,将刀直接刺入其筋骨相连的空隙之处,利用这些空隙便不会使屠刀受到丝毫损伤。我既然连骨肉相连的部件都不会去硬碰,更何况大的盘结骨呢?一个技术高明的厨师因为是用刀割肉,一般需要一年换一把刀;而更多的厨工则是用刀去砍骨头,所以他们一个月就要换一把刀。而我的这把刀已经用了十九年了,宰杀过的牛不下千头,可是刀口还像刚在磨刀石上磨过一样的锋利。这是为什么呢?因为牛的骨节处有空隙,而刀口又很薄,我用极薄的刀锋插入牛骨的间隙,自然显得宽绰而游刃有余了。所以,我这把用了十九年的刀还像刚磨过的新刀一样。尽管如此,每当我遇到筋骨交错的地方,也常常感到难以下手,这时就要特别警惕,瞪大眼睛,动作放慢,

用力要轻，等到找到了关键部位，一刀下去就能将牛剖开，使其像泥土一样摊在地上。宰牛完毕，我提着刀站立起来，环顾四周，不免感到志得意满，浑身畅快。然后我就将刀擦拭干净，置于刀鞘之中，以备下次再用。"

文惠君听了庖丁的这一席话，连连点头，似有所悟地说："好啊，我听了您的这番金玉良言，还学到了不少修身养性的道理呢！"

这个故事告诉人们：世间万物都有其固有的规律性，只要你在实践中做有心人，不断摸索，久而久之，熟能生巧，事情就会做得十分漂亮。

## 买椟还珠

一个楚国人，他有一颗漂亮的珍珠，他打算把这颗珍珠卖出去。为了卖个好价钱，他便动脑筋要将珍珠好好包装一下，他觉得有了高贵的包装，那么珍珠的"身价"就自然会高起来。

这个楚国人找来名贵的木兰，又请来手艺高超的匠人，为珍珠做了一个精致的盒子（即椟），用桂椒香料把盒子熏得香气扑鼻。然后，在盒子的外面精雕细刻了许多好看的花纹，还镶上漂亮的金属花边，看上去闪闪发亮，实在是一件精致美观的工艺品。楚人将珍珠小心翼翼地放进盒子里，拿到市场上去卖。

到市场上不久，很多人都围上来欣赏楚人的盒子。一个郑国人将盒子拿在手里看了半天，爱不释手，终于出高价将楚人的盒子买了下来。郑人交过钱后，便拿着盒子往回走。可是没走几步他又回来了。楚人以为郑人后悔了要退货，没等楚人想完，郑人已走到楚人跟前。只见郑人将打开的盒子里的珍珠取出来交给楚人说："先生，您将一颗珍珠漏在盒子里了，我特意回来还珠子的。"于是郑人将珍珠交给了楚人，然后低着头一边欣赏着木盒子，一边往回走去。楚人拿着被退回的珍珠，十分尴尬地站在那

里。他原本以为别人会欣赏他的珍珠，可是没想到精美的外包装超过了包装盒内的价值，以至于"喧宾夺主"，令楚人哭笑不得。

郑人只重外表而不顾实质，使他做出了舍本求末的不当取舍。

# 杯弓蛇影

有一个叫应彬的人在汲县做县令。夏至这一天，他的一位老朋友来访，应彬设宴款待。朋友座位背后的墙上悬挂着一张红色弩弓，映在酒杯中，形状就像一条小蛇。朋友端起酒杯，正欲饮酒的那一瞬间，他瞥见了酒杯中的"蛇"，可他已经将那杯酒喝进肚里去了。朋友当时就觉得又惊又怕，十分恶心。回到家里，只觉得胸腹疼痛难忍，以至于饮食不进，身体渐渐消瘦下去。家里人为他请了好多医生，用了好多办法，也不见治好。

自从老朋友那次来访后，已好长时间不见面了，应彬觉得奇怪，于是决定到朋友家去回访。只见朋友形容憔悴，病得不轻。应彬便问是什么原因。朋友如实相告："自那次在你家喝酒，因酒杯里有一条小蛇被我吞进肚里，使我十分害怕，回家后就一病不起。"

应彬觉得这事有些蹊跷，酒杯中哪来的蛇呢？他回到县衙后，还在琢磨这件事。猛一回头，看见挂在墙上的弩弓，心里一下子明白了。他于是专门备了车马，把老朋友再次请到家中，重摆宴席，仍让朋友坐在原来的位置上。当朋友拿起酒杯一看，忽然惊叫起来，原来杯中又出现了蛇影。这时，应彬也端着酒杯走到朋友的座位旁，将自己的酒杯端给朋友看，里面同样有一条蛇影，后来，他请朋友端着原来那杯酒离开那个位置，再看杯中，那蛇影就分明没有了。朋友心中甚是不解，应彬叫朋友回头看墙上挂着的那把弩弓，对朋友说："墙上的弩弓映在酒杯中，这就是你看到的杯

中的蛇,其实那只是弩弓的影子,杯中什么也没有。"

朋友半信半疑,又和应彬重新演示了几遍,这才哈哈大笑起来,心中的疑团顿时消失,精神一下子清爽了许多。回去以后,病也很快就好了。

有疑心病的人,往往陷入庸人自扰的泥淖而难以自拔;智者则善于抓住问题的症结,对症下药,"心病还须心药医",从根本上解决问题。

# 纸上谈兵

赵奢是赵国名将,为赵国屡建战功。可是赵奢的儿子赵括却不像父亲。赵括从小的确读了不少兵书,谈起用兵之道也是滔滔不绝,连他父亲都说不过他。于是,赵括觉得自己是了不起的军事家,他狂妄地认为自己在军事上已经是天下无敌了。然而赵奢却不这么认为,他不但从未赞扬过儿子,反而常常担忧地说:"日后赵国不让赵括带兵便罢,如果让他带兵打仗,那么断送赵国前程的将必是赵括无疑。"

过了几年,赵奢死去了。

这一年,秦国大举进攻赵国,赵国派了年龄很大的将军廉颇率军迎敌。开始,赵军连连失利。在这样的情况下,廉颇改变战略方针,他下令让军队坚守城池,以逸待劳,不要主动出击,保存实力把住阵地从而拖垮秦军。果真如此,秦军由于远道而来,经不住廉颇的拖延,粮草渐渐接不上,快要支撑不下去了,秦军十分恐慌。于是秦军也施展计谋,派人悄悄潜入赵国散布流言说:"秦军谁都不怕,就怕赵括担任大将。"

赵王正在为廉颇在军事上毫无进展而闷闷不乐,听到外面流传的那些说法,便撤掉廉颇,要派赵括为大将来统帅军队。赵括的母亲记住丈夫生前的嘱咐,再三向赵王说明情况,极力劝告赵王收回决定,可是赵王哪里听得进去,他真的任命了赵括担任大将来取代廉颇。

赵括一到前线，便开始胡乱指挥起来。他完全改变了廉颇的策略，大量撤换将官，一时间弄得人心惶惶、军心涣散。

秦军得知赵军这些情况，自然正中下怀。一天深夜，秦军派一支队伍偷袭赵营，刚一交战，便佯装败走。同时，秦军又派兵乘机切断了赵军的粮道。

赵括不知实情，还以为秦军真的是败逃。他得意地想，取胜即在眼前，这正是表现自己的时候。于是他命令部队紧紧追击。结果，赵军追了一段后即被秦军伏兵将追兵拦腰截断，使赵军首尾不能相顾。然后，秦军一齐杀出，将赵军各个击破，团团围住。

赵军被秦军围困 40 多天，粮食早已吃光又没有接应，一时间军心大乱。赵括一筹莫展，满肚子的兵法也不知如何施展。眼看守下去也是活活饿死，便率军仓皇突围，可是怎敌秦军四面掩杀。结果赵括被乱箭射死，40 万赵军也全军覆没。从此以后赵国就一蹶不振。赵括纸上谈兵并无真才实学，而赵王还对他委以重任，结果招致惨痛失败。看来教条主义的危害是不可轻视的，所以，理论必须与实践相结合，才能让所学的知识物尽其用。

# 南辕北辙

从前有一个人，从魏国到楚国去。他带上很多的盘缠，雇了上好的车，驾上骏马，请了驾车技术精湛的车夫，就上路了。楚国在魏国的南面，可这个人不问青红皂白让驾车人赶着马车一直向北走去。

路上有人问他的车是要往哪儿去，他大声回答说："去楚国！"路人告诉他说："到楚国去应往南方走，你这是在往北走，方向不对。"那人满不在乎地说："没关系，我的马快着呢！"路人替他着急，拉住他的马，阻止

他说:"方向错了,你的马再快,也到不了楚国呀!"那人依然毫不醒悟地说:"不打紧,我带的路费多着呢!"路人极力劝阻他说:"虽说你路费多,可是你走的不是对的方向,你路费多也只能白花呀!"那个一心只想着要到楚国去的人有些不耐烦地说:"这有什么难的,我的车夫赶车的本领高着呢!"路人无奈,只好松开了拉住车把子的手,眼睁睁看着那个盲目上路的魏人走了。

那个魏国人,不听别人的指点劝告,仗着自己的马快、钱多、车夫好等优越条件,朝着相反方向一意孤行。他条件再好,也只会离要去的地方越来越远,因为他的大方向错了。

这则故事告诉我们,无论做什么事,都要首先看准方向,才能充分发挥自己的有利条件;如果方向错了,那么有利条件只会起到相反的作用。

## 空中楼阁

从前,有个有钱人,他生来愚蠢,又不愿意读书学习,却自以为是,骄傲得很,常常干出一些让人哭笑不得的事来。

有一次,他到另一个有钱人家里去做客,见到人家的府第是一座三层楼的楼房,高大威风,又宽敞壮丽,看上去很是阔气,站在三层楼上,还能看见远方美丽的景致,真是妙极了。他心下不禁十分羡慕,想道:要是我也有一幢这样的三层楼房,那该多好啊!我也可以站在我的三层楼上,喝茶观景,要多惬意就有多惬意!

要盖楼房,钱自然是不愁的。他回到家里,马上叫人请来泥瓦匠,吩咐道:"给我建一座三层楼房,越快越好!"

于是泥瓦匠立刻开始动工,打地基、和泥、垒砖头,开始修建楼房的第一层。

有钱人天天跑到工地上去看，头几天地基打好了。又过了几天，垒了几层砖。再过几天，砖垒高了一点。有钱人想楼房都快想疯了，而今过了这么些天，他的楼房还没影子，实在等得不耐烦了，就跑去问泥瓦匠："你们这是建造的什么房子啊，怎么一点也不像我要的楼房呢？"

泥瓦匠答道："不是照您的吩咐在建楼房吗？这就是第一层了。"

有钱人又问："这么说，你们还要修第二层啰？"

泥瓦匠奇怪地回答："当然了，有什么问题吗？"

有钱人暴跳如雷，勃然变色道："蠢东西，我看中的是第三层，叫你们修的也是第三层，第一层、第二层我都有，还修它做什么？"

这个有钱人真是可气又可笑，没有第一、第二层楼房，哪里来第三层呢？做事情要踏踏实实，打好基础，否则我们的理想就好像这个有钱人的空中楼阁一样，永远是虚幻的东西。

## 优孟哭马

楚庄王十分爱马，特别是他最心爱的那几匹马，过着一般人想象不到的优裕生活。那几匹马住在豪华的厅堂里，身上披着美丽的锦缎，它们吃的是富有营养的枣肉，伺候那些马的人数竟是马的三倍。由于这些马养尊处优，又不出去运动，因此其中有一匹马因为长得太肥而死去了。庄王伤心极了。他要为这匹马举行隆重的葬礼。一是命令全体大臣向死马致哀，二是用高级的棺椁以安葬大夫的标准来葬马。大臣们实在难以接受楚庄王这些过分的决定，他们纷纷劝阻庄王不要这么做。可是楚庄王完全听不进去，还生气地传下命令说："谁要是再敢来劝阻我葬马，一律斩首不饶。"

优孟是个很有智慧的人，听说这件事后，他径直闯进宫去，见到楚庄王便大哭起来。楚庄王吃惊地问他说："你为什么哭得这么伤心呀？"

优孟回答说:"大王心爱的马死了,实在让人伤心,要知道那可是大王所钟爱的马呀,怎么能只用大夫的葬礼来办理马的丧事呢?这实在太轻视了。应该用国君的葬礼才对啊。"

楚庄王问道:"那你认为应怎样安排呢?"

优孟回答说:"依我看,应该用美玉做马的棺材,再调动大批军队,发动全城百姓,为马建造高贵华丽的坟墓。到出丧那天,要让齐国、赵国的使节在前面开路;让韩国、魏国的使节护送灵柩。然后,还要追封死去的马为万户侯,为它建造祠庙,让马的灵魂长年接受封地百姓的供奉。这样,天下所有的人才会知道,原来大王是真正爱马胜过一切的。"

楚庄王顿时明白过来,非常惭愧地说:"我是这样重马轻人吗?我的过错可真的是不小呀!你看我该怎么办才好呢?"

优孟心中高兴了,趁着楚庄王省悟过来的机会,他俏皮地回答说:"太好办了。我建议,以炉灶为椁,大铜锅为棺,放进花椒佐料、生姜桂皮,把火烧得旺旺的,让马肉煮得香喷喷的,然后全部填进大家的肚子里就是了。"

一席话说得楚庄王也哈哈大笑起来。从此他也改变了原来爱马的方式,把那些养在厅堂里的马全都交给将士们使用,那些马也得以经风雨、见世面,锻炼得强壮矫健。

优孟因势利导劝说楚庄王,收到良好的效果,对我们学习做思想工作也不无启发。做事需要考虑方法,说话同样需要有适当的办法。